屋根裏部屋でまどろみを

谷崎泉

二見サラ文庫

Illustration　藤ヶ咲
本文*Design*　若杉葉子

CONTENTS

プロローグ

長い歴史を持ち、名門女子校としてその名をあまねく知られる早雲《そううん》女子学院が、都内から軽井沢《かるいざわ》へ拠点を移したのは、日本が大きな節目を迎えた後だと聞いております。軽井沢といっても別荘地で有名な地域とは離れた、北軽井沢の奥地でございますので、大変静かな環境の中で、中等部と高等部、あわせて七百名を超えるお嬢様方が学んでおられます。

早雲女子学院は全寮制で、六年間をご学友と寝食を共にして過ごします。入学試験は中等部のみで実施され、中途入学される方は大変まれです。

校則は厳しく、基本的に外出が許されるのはご親族に不幸があった場合と、お家に絡んだ特別な事情がある場合で、休暇として帰省できるのは年末年始のみです。

それ以外の日々を、下界の喧噪《けんそう》から隔絶された環境下で過ごされるのは、すべて「良き母、良き妻になるため」なのです。

未曽有の少子高齢化で日本は一時、国の存亡が危ぶまれる事態にまで陥りました。そして、男女の「役割」を見直す動きが強まったのです。一時期流行《はや》りました「男女間の差をなくし、等しく社会進出を促す」という論調は消え、女性はとにかく子を生《な》すことが第一とされるようになりました。

そのため、早雲女子学院では慎《つつ》ましく、おしとやかで、健《すこ》やかで控えめな女性になれるような教育に力が入れられております。

早雲女子学院の卒業生はどなたも大変立派な妻…そして母親になられると評判で、卒業生は皆様名家に嫁がれます。

そのため、中等部の受験には全国から選《よ》りすぐりのお嬢様たちがお集まりになられます。狭き門を突破し、晴れて中等部へ入学された皆様は、四つある寮のうちのいずれかに入られます。

火影《ほかげ》寮、捲土《けんど》寮、金環《きんかん》寮、雲水《うんすい》寮と名づけられた四寮には、生徒を代表して寮をまとめる寮長がおられます。通常は最高学年の優秀者が選ばれるのですが、この数年は特殊な状況が続いております。

各寮に国内でも有数の名家のお嬢様が在寮しており、その方たちが続けて寮長を務めていらっしゃるのです。

ご実家が名家というだけでなく、ご本人も大変優れたお嬢様ばかりですので、年齢に関係なく、皆様から慕われておいでです。

火影寮の寮長は国内の通信事業を一手に握る、五百城《いおき》家のお嬢様、五百城芙久子《ふくこ》様。

捲土寮の寮長は医療系の事業で他の追随を許さない御厨野《みくりの》家のお嬢様、御厨野沙也佳《さやか》様。

金環寮の寮長は運輸業全般を統《す》べる江波戸《えばと》家のお嬢様、江波戸波留乃《はるの》様。

そして、そのお血筋と莫大《ばくだい》な資産で誰もが認める名家、宝珠院《ほうじゅいん》家のお嬢様……宝珠院美音《みお》璃《り》様が雲水寮の寮長を務めていらっしゃいます。

宝珠院美音璃が早雲女子学院中等部に入学してから間もなく、宝珠院家の使用人だった山下《やました》紬《つむぎ》は、美音璃の世話係として学院内の雲水寮で生活を始めた。

それから早くも五年が過ぎ、紬の早雲女子学院での生活も残すところあと一年余りとなった。

三月も終わろうとしていたその日。紬はいつもよりも少し早めに起床した。

学校としては二十日過ぎに春休みに入ったが、特別な理由がない限り、里帰りは許されない。授業はなくとも、教養を学ぶためのカリキュラムが組まれており、普段と変わりない日々が続く。

そのため、紬は春休みになってからも毎日美音璃を校舎へ送り出している。今日は寮長が集う朝食会が開かれるので、いつもよりも早く美音璃を起こさなくてはならない。

昨夜、美音璃の寝室を訪ね、就寝の挨拶をする際に伝えた。明日は朝食会が開かれますので、早めに起こしますからね。もうお休みになってください。

紬の言葉に、美音璃は「わかったわかった」と返事をしたが、その耳にはヘッドフォンがついていたし、手にはゲームのコントローラー、視線はモニターに釘《くぎ》づけだった。

まったく聞いてないのは明らかでも、いつものことだと諦めた。

ベッドから下りた紬は、自室のカーテンを開け、たっぷりとした布地をタッセルで結ぶ。

寮長の住まいは各寮の最上階にあり、そのフロアをすべて使用することが許されている。

美音璃の世話係である紬も、雲水寮の最上階で暮らしている。

二人だけで使うには十分すぎる広さなので、紬は使用人であっても、専用の浴室や洗面室を持っている。

寝室から続く洗面室で顔を洗い、髪を梳《と》かす。長い髪を軽く束ね、寝室へ戻ると、鏡台の前に座って手にした櫛《くし》で髪を結い上げた。

まとめた髪を後頭部にピンで留め、寝間着を着替える。紬が普段着用しているのは、宝珠院家で採用されているメイド用の制服だ。

黒いミモレ丈のワンピースに、エプロンドレス。頭には小さめのホワイトブリムをつける。足下は黒いタイツにストラップつきのローヒールシューズ。

控えめな印象のある上品な制服を紬は気に入っている。着替えるだけでぴんと背筋が伸び、宝珠院家の使用人としてのプライドを守れる。

鏡に映った姿を見て、笑みを浮かべる。今日も一日、頑張りましょう。紬は自分自身に語りかけ、鏡台の椅子から立ち上がると、足早に自室を出て美音璃の寝室へ向かった。

普段、起床後はまず、朝食の支度に取りかかるが、今日はとにかく美音璃を起こさなくてはならない。廊下を曲がった先にある観音開きのドアをノックする。

「美音璃様。紬でございます。入りますよ」

返事がないのは想定済みで、声をかけてすぐにドアを開けた。

南側の窓は分厚いカーテンが閉められたままで、室内はほぼ真っ暗だ。紬は慎重に室内を進み、窓際に近づいた。

カーテンを開けていくと、朝日が室内に入り込む。紬の部屋とは違い、美音璃の寝室は広く、すべてのカーテンを開けるのに時間がかかる。

紬は慣れた手つきでカーテンをまとめながら、ベッドに向かって呼びかけた。

「美音璃様。起きてください。昨夜もお伝えしましたけれど、今朝《けさ》は朝食会が開かれますから」

ベランダに繋《つな》がる背丈窓から離れたところに、キングサイズのベッドが置かれている。その端っこがこんもり盛り上がっており、その中で美音璃は寝ているようだった。

美音璃は布団に潜り込んで眠るので、室内が明るくなっても眩《まぶ》しさで起きるということはない。

「美音璃様。このままでは遅刻しますよ」

声の調子を強め、紬は重ねて呼びかける。ベッドに近づくと、眠っている美音璃の周囲にヘッドフォンやコントローラーが放置されていて、溜《た》め息《いき》をついてそれらを片づけた。

「何時までゲームなさってたんですか。私、言いましたよね？　早めに起こしますと」

「……」

「美音璃様。このままでは時間に間に合いません」

「……」

「前回の朝食会も遅刻したんですよ。今日も遅刻したのでは、私が芙久子様に叱られます」

朝食会のホストである火影寮の寮長、五百城芙久子の名前を出すと、布団の中から反応がある。

「…大丈夫だ。あいつも寝坊してる…」

くぐもった声を聞いた紬は、起きていたのかと呆《あき》れた目で布団を見つめた。

美音璃の言うように寝坊したとしても、芙久子は遅刻しない。芙久子自身が真面目《まじめ》であるのと、その世話係である葵《あおい》が遅刻などという真似《まね》を決して許さないからだ。

常々、葵の屹然《きつぜん》とした態度を見習いたいと思っている紬だが、なかなかかなわない。

「美音璃様。起きてらっしゃるのなら、ベッドから出てください」

「……」

「美音璃様」

つい、名前を呼ぶ声に苛立《いらだ》ちが混じってしまい、反省する。こんな時、葵なら声に感情を込めたりはしないだろう。

公の場でも芙久子をちらりと見るだけで窘《たしな》められる、あの域に達するにはどうしたらいいのか。

腰に両手を当てて、己の力不足を嘆いていると、布団の下から「すー」という静かな寝息が聞こえてくる。

「美音璃様！　寝ないでください！」

一度起きたはずの…声が聞こえたのだからそうに違いない…美音璃が二度寝し始めたのに慌てて、目の前の布団を勢いよく捲《めく》る。その中で横向きに丸くなって眠っていた美音璃は、顔に朝日を浴びることになった。

「…う…まぶしい…」

眉を顰《ひそ》めて呻《うめ》き、もぞもぞと動いて枕に突っ伏す。うつ伏せになった美音璃の背中からは、起きたくないという強い意志が感じられたが、紬は心を鬼にして訴えた。

「美音璃様。お願いですから起きてください。眠いのはわかりますが、今日は大切なお話があるとかで絶対に遅刻させないようにと、芙久子様から直々に申しつかったのです。ですから、昨夜、お伝えしましたのに…どうしてお聞き入れくださらないのですか…。私の力不足は重々承知しておりますが…」

話しているうちに自分が情けなくなり、次第に声のトーンを落としていく紬を、美音璃は枕に埋《うず》めていた顔を少し動かしてちらりと見た。

いつもの泣き落としが始まる予感がして、うつ伏せの身体《からだ》を渋々起こす。紬が落ち込むと厄介なのはよくわかっている。

「そこまで大袈裟《おおげさ》に嘆くことでもないだろう」

「私にも葵さんくらいの貫禄《かんろく》があれば、美音璃様もすぐに起きてくださるでしょうに…」

「冗談だろ。紬は紬でいいよ」

「でも、このままでは遅刻します…」

俯《うつむ》いたまま呟《つぶや》く紬は「やはり私が…」と自分を責め続ける。紬が反省を始めると、ああすればよかったこうすればよかったと、正解のない自問自答を延々繰り返す。

その間、ずっと暗い顔つきでいるのを見ていなくてはならない美音璃は、早々に降参した。

「わかった。起きるから」

紬が落ち込んでいるのを見ているくらいなら、眠気を我慢して起きてしまった方がいい。

渋々ベッドを下りて洗面室に向かう美音璃の背中を見て、紬はほっと息を吐いた。

ひとまずなんとかなったと安堵《あんど》し、ベッドの上に放置されているヘッドフォンなどを片づける。前日に用意してあった制服をすぐに着られるように移動させていると、美音璃が洗面室から戻ってきた。

「髪は梳かされましたか?」

「大丈夫だ」

「大丈夫じゃありません」

困り顔になって紬は注意しかけたものの、腰まで届く美音璃の長い髪はさらさらで、梳かす必要はどこにもないように見える。

顔だって水で濡《ぬ》らしただけだろうに、生来の美しさゆえ、真っ白でつるつるだ。

美音璃は美しい。整った顔立ち、すらりと伸びた手足。長いまつげや形のよい爪など、細部に至るまで手を抜かずに作られた人形のように、すべてが美しい。

普段であれば手入れを面倒がる美音璃に代わって櫛を入れたりもするのだが、今は時間がない。美音璃の無精をありがたく思うなんてと、紬は自分の現金さを反省しつつ、着替えの制服を渡した。

美音璃は着ていた上下のスウェットをぱっと脱ぎ、紬の差し出した制服をさっと着る。とにかく、身支度に興味がないから、なんでも早い。

「これくらいスムーズに起きてくださったら…」

「いいじゃないか。支度の早さで帳尻を合わせていると思えば」

首を傾《かし》げて頰に手を当てる紬に、美音璃は気にするな…と言い放ち、スモーキーグレイのジャケットに袖を通した。

早雲女子学院の制服は、白いブラウスに学年色のリボン、ベストにジャケット、プリーツスカートが正式なものだが、美音璃は窮屈だからとリボンとベストを省略する。

通常であれば校則違反として注意を受けるが、宝珠院家の令嬢である美音璃を注意しようとする教師はいない。

「行こうか」

美音璃の声に頷き、紬はその後に続いて寝室を出た。

山林を切り開いて建てられた早雲女子学院の敷地は広い。その中心にある二棟の校舎とグラウンドを、五つの建物が五角形を描くような形で配置されている。

北から順に、木犀《もくせい》棟、火影寮、捲土寮、金環寮、雲水寮。すべてが四階建てで、それぞれの建物は渡り廊下で結ばれている。中等部高等部問わずに一年生は一階、二年生は二階、三年生は三階、寮長は四階を使用する決まりだ。

各寮の寮長が揃《そろ》う朝食会は木犀棟のサロンで行われる。木犀棟はかつて、木犀寮という寮だったのだが、今は改築されて行事を行うホールやサロンなどとして使用されている。

「昨夜は何時までゲームをなさってたのですか？」

「五時」

「昨夜ではございませんね…」

それでは眠いのも当然だと紬は嘆息する。ほとんど寝てないというのに、斜め前を歩く美音璃の顔にはクマもなく、目が充血している様子もない。

若いというのもあるが、生まれつき美しさだけでなく、並外れた体力にも恵まれているのだ。

美音璃が恵まれているのはそれだけではない。

「ごきげんよう。美音璃様」

「美音璃様。ごきげんよう。本日も麗しい美音璃様にお目にかかれて光栄ですわ」

「ごきげんよう、美音璃様。気持ちのいい朝ですね」

木犀棟へ移動する間に出会《でくわ》した同級生、下級生たちは嬉《うれ》しそうに美音璃に挨拶する。朝から美音璃に会えたという喜びで、皆、頬を染めているのを見て、紬は複雑な気持ちになった。

つい先ほどまで、布団の中に潜り込んで出てこなかったことを思い出すからだ。

「ごきげんよう」

一人一人に笑みと挨拶を返す美音璃は優雅で、気品に溢《あふ》れている。髪も梳かさず、顔も水で濡らしただけとは思えない。

性格は穏やかで優しく、思いやりがあって、いるだけでその場が明るく照らされるような華がある。

誰からも好かれるその性格は、世話係の紬にとっては、どれほど自堕落であっても憎めない、厄介なものだ。

いいじゃないか。少しおっとりとした口調で美音璃にそう言われてしまうと、どんな問題でも「そうかしら」と思えてくるから不思議だ。

渡り廊下に差しかかると、美音璃と紬以外の人影は見えなくなった。雲水寮と木犀棟は直接繋がっており、他の寮を介さずに行ける。

木犀棟に着くと、四階まで階段を上がった。かつて木犀寮だった時代、寮長が使っていた最上階のフロアは改装され、寮長たちの集まりで使用されるサロンとなった。

大広間を中心にいくつかの部屋と調理室を供えたサロンには、いずれも名家の出身である寮長たちが気持ちよく過ごせるよう、豪華絢爛《けんらん》な内装が施されている。

円卓が置かれた大広間が朝食会の会場であり、すでに他の寮長たちは席に着いていた。

「ごきげんよう。少し遅れたか？」

大広間に足を踏み入れた美音璃が声をかけると、座っていた三人は視線を向ける。

右手に火影寮の五百城芙久子。左手に捲土寮の御厨野沙也佳。奥に金環寮の江波戸波留乃。それぞれの後ろには世話係が控えている。

最初に美音璃に返事したのは、御厨野沙也佳だった。

「少しではありませんわ」

約束の時間を五分も過ぎていると、沙也佳は可愛《かわい》らしい小さな顔に不快そうな表情を浮かべる。

沙也佳は美音璃よりも一つ年下で、この春、二年生に進級する。

ぱっちりとした二重が印象的な愛くるしい顔立ちで、美音璃とは対照的にいつも煌《きら》びやかに着飾っている。

彼女の制服は女性らしい柔らかなラインが出るよう、特別に加工されている。胸元のリボンは二年生の学年色の赤色であっても、一般的なリボンとは違い、縁にフリルがついたボリューム感のあるものだ。

カールさせた長い髪を結い上げて大きなリボンで留め、きちんと化粧もしている。まるで人形のようだと言われるけれど、その性格は優しくはない。

誰に対してもはっきりとものを言い、意見する。そんな態度は時としてわがままにも見られがちで、沙也佳の世話係である高橋栞《たかはししおり》は、困った顔で「沙也佳様」と呼びかけた。

「美音璃様にもご事情がおありでしょうから…」

「だとしても、皆を待たせるのはよくないわ」

年上に対する物言いを窘めようとする栞をぴしゃりと遮る沙也佳の正論に、美音璃の世話係である紬は身を小さくする。遅刻させないようにと言われたにもかかわらず、守れなかった自分を反省する紬を追い込むように、沙也佳に追従する声が上がった。

「そうですよ。決められた時間は守らないと」

少し舌足らずな口振りできっぱり言ったのは、江波戸波留乃だ。

四人の中で一番年下の波留乃は今度、高等部の一年生に進級するが、中等部二年の頃から寮長を務めてきた。

音楽を聴くのが趣味で、いつもヘッドフォンを首にかけ、ジャケットではなく、フードのついたパーカーを着ている。

小柄で顔立ちも幼いので、中等部の新入生に間違えられがちなのが悩みだ。

そんな波留乃の世話係を務める田中操《たなかみさお》は苦笑し、紬に対し視線を送った。「申し訳ございません」という意味合いのそれを受け取り、紬も笑みを返す。

波留乃は人から注意を受けるのが嫌いで、ヒステリックな反応を見せることもあるため、操が人前で波留乃に何かを言うことは滅多にない。

そういう操の苦労を知っている紬は、原因を作ってしまったことを申し訳なく思い、頭《こうべ》を垂れる。

しかし、年下の二人から注意された本人は、まったくこたえていない様子だった。

「すまない」

詫《わ》びながらも笑みを浮かべ、長い髪を揺らして頭を下げる。謝罪しているとは思えない優雅な動きは、冬の湖に佇《たたず》む白鳥のように印象的だった。

思わず見惚《みと》れてしまうような所作に、沙也佳と波留乃は揃って狼狽《うろた》える。

「そんな…美音璃様が頭を下げられるほどのことでは…ありませんけど」

「ちょっと…これから、注意して欲しいかなって…」

「いいねえ。美しいというのは」

美音璃に謝られて頰を赤らめる沙也佳と波留乃を目にし、うらやましそうに五百城芙久子が言う。

その顔にはにやにやした笑みがあり、美音璃は肩を竦《すく》めて返した。

芙久子は美音璃と同じ歳《とし》で、早雲女子学院に入学する前からの幼馴染《おさななじ》みでもある。二人は大変仲がよく、共通した趣味も多い。

芙久子は学業優秀で、男に生まれていればと惜しまれるほどだ。顎の下で切り揃えた黒髪と、アンダーフレームの眼鏡《めがね》が理知的な印象を強めている。

芙久子の後ろには世話係の近藤《こんどう》葵が控えており、紬は尊敬する葵に向かって深く頭を下げた。

美音璃が遅れたのは自分のせいだと態度で詫びる紬に、葵は表情のない顔で頷《うなず》く。それだけで「わかっていますよ」と納得してもらえた気分になって、紬はほっとした。

「よく起きられたな」

美音璃は芙久子の隣に腰を下ろしながら、そっと話しかける。朝の五時まで一緒にゲームをしていた芙久子も寝坊するだろうと、美音璃は踏んでいた。

それなのに…と驚く美音璃に、芙久子は頰杖《ほおづえ》をついて「寝てないんだ」と返す。

「その手があったか！」

「美音璃様」

妙な手法を覚えないで欲しいと、紬は眉を顰めて首を振る。芙久子は時として美音璃に悪影響を与えるので油断ならない。

美音璃が席に着いたところで、世話係たちは調理室へ移動し、サロン専任のシェフが用意した朝食をそれぞれの主人の下へ運んだ。調理室には各家の家紋がデザインされた特注の食器がフルピース備えられており、食事の内容によって使い分けられている。

四人の寮長は好みが違うので、世話係が運ぶトレイには、様々な朝食が載せられていた。芙久子は和食、沙也佳はフルーツと紅茶、波留乃はサンドウィッチ。そして、美音璃は。

「コーヒーだけでいいよ」

「いけません。トーストだけでも召し上がってください」

美音璃は背が高く、四人の中で一番身体つきが大きい。それなのに小食で、朝は特に食べようとしない。紬は毎朝、そんな美音璃に少しでも多く食べさせようと必死だ。

「薄切りのパンを四つに切って、ピーナッツペースト、マーマレード、シナモンシュガー、ブルーベリージャムを塗っていただきましたから。二つは召し上がっていただかないと」

表情を厳しくして言う紬に、美音璃は渋々頷いた。コーヒーが注《つ》がれた宝珠院家の家紋入りカップを持ち上げ、一口飲み、「それで」と三人に向けて聞いた。

「今日はなんの集まり？」

天使のような笑みを浮かべて尋ねる美音璃を、沙也佳と波留乃は呆れ顔で見る。二人とも美音璃の人柄をよく知っているが、これぱかりは本気で言っているのかと心配になった。最上級生である高等部三年生は特別な行事を控えている。美音璃は興味がないのかもしれないけれど、他人事《ひとごと》では済まされない。

「本当に美音璃様は呑気《のんき》でいらっしゃるのね。三年生になられるという自覚がおありなの?」

「ご自分の一生が決まるんですよ?」

沙也佳に続いて波留乃も信じられないという顔で美音璃に問いかける。二人が何を言っているのかわからない美音璃が、きょとんとした反応を返していると、隣で納豆を混ぜていた芙久子が「ふふ」と小さく笑った。

「君は本当に人の話を聞かないな。私は昨日ちゃんと説明したよ。今日は皐月祭《さつきさい》についての打ち合わせを行うってね」

「皐月祭…ああ、そうか。もうそんな時期だね」

皐月祭は毎年五月に開かれる早雲女子学院の学校祭だ。皐月祭当日だけは外部の人間が校内へ入ることが許される。

と言っても、家族や親族、もしくは身元のしっかりした関係者だけで、広く門戸が開かれるわけではない。

演劇や合唱といった発表、書道や絵画の展示など、いわゆる文化祭のような催しが一日を通して開かれる中で、特別なのは夜に行われる舞踏会だ。

舞踏会に参加するのは卒業を控えた、高等部三年生で、踊る相手は各自の実家が決めた許婚《いいなずけ》である。

「今年、私と君は舞踏会に出席しなくてはならないからな」

「ぶとうかい」

「ドレスも作っただろう?」

「ああ……あれか…」

ふうん…と呟き、美音璃はテーブルに肘をついて小さく息を吐いた。どこか物憂げな美音璃の様子を、芙久子はちらりと横目で見る。美音璃が億劫《おっくう》に思っているのは、許婚でも舞踏会でもなく、ドレスを着なきゃいけないことだろうなと想像していると、沙也佳が二人に対して問いかけた。

「芙久子様も美音璃様も許婚とお会いになるのは初めてでいらっしゃいますの?」

早雲女子学院に入学を許されるような名家の令嬢は、皆、卒業後すぐに結婚する。高等部三年生の時点で、親の決めた許婚がいない者は早雲女子学院にはいない。

そして、寮長を務めるほどの著名な家柄ともなると、生まれて間もなくの頃に許婚を決める。家同士の結びつきを得るための政略結婚であり、婚約が公表される場でもある舞踏会は、学校外からも注目される。

有数の名家である五百城家の令嬢である芙久子にも、もちろん、生まれて間もなく決められた許婚がいる。しかし、名家の間では許婚とは成人するまで顔を合わせないという慣習があるので、舞踏会は相手を知る初めての場所なのだ。

沙也佳の質問に対し、芙久子は首を横に振った。

「いや。私は子供の頃に会ったことがある。顔は忘れたが」

「それは会ったうちに入らないんじゃないのか」

自慢げに答えつつ、顔も覚えていないとつけ加える芙久子に、美音璃は呆れた目を向ける。芙久子は美音璃をちらりと見て、綺麗《きれい》に切り揃えられた黒髪を揺らした。

「君は相手が誰かも知らないんだろう?」

それよりはマシだと芙久子が言うのを聞き、沙也佳と波留乃は目を丸くする。名前しか知らないというのはよく聞くが、誰なのかわからないという話は耳にしない。

「本当なのですか?」

「お名前も知らないのですか?」

驚いて確認してくる沙也佳と波留乃に、美音璃は肩を竦めて頷いた。

「私は誘拐されただろう。あの時、婚約を解消されてるんだ」

美しい顔立ちに微笑《ほほえ》みを浮かべ、「いい天気だね」と同じ調子に話す美音璃を、沙也佳たちは戸惑いを滲《にじ》ませて無言で見る。

名家の子女が誘拐される事件は多く、沙也佳たちも幼い頃から警護されながら育った。身代金を支払い解放されるパターンが大半だとはいえ、中には悲劇的な結末を迎えるケースもある。

美音璃の事件は大々的に報道されたので、学院内の誰もが知っている。誘拐された…というだけでなく、身代金を渡したものの本人は戻らず、亡くなったとされていたのが、一年後に無事見つかったという特殊ケースだったので、余計に耳目を引いた。

どう反応するべきか迷い、沈黙している沙也佳と波留乃を気にせず、美音璃は紬に許婚について尋ねる。

「紬も知らないんだよな？」

「はい。武者小路《むしゃのこうじ》様はご存じだと思いますが…」

宝珠院家の執事の名を挙げ、紬は首を横に振る。美音璃が戻ってきた後、改めて許婚が決められたという話は聞いたが、それが誰なのかは紬も知らない。

舞踏会で、明らかになるのだろうが…。

「誰なんだろうね。楽しみだ」

笑ってコーヒーカップを持ち上げる美音璃を見る紬は、心の中に湧き上がる不安で憂鬱な気分になっていた。

波留乃が言ったように、早雲女子学院の生徒にとって、舞踏会は「一生が決まる」一大事である。舞踏会で顔を合わせる許婚によって、その後の人生が決まる。どれほどの名家の子息であっても、その人柄や相性によっては、結婚生活に暗い影を落としかねない。美音璃の相手はどんな人物なのだろう。

思わず、紬が溜め息を漏らすと、それを耳にした美音璃が振り返る。

「どうした？」

心配そうに尋ねる美音璃に、紬は「失礼いたしました」と慌てて詫びる。コーヒーのおかわりを勧めながら、どうかいいお相手でありますようにと、強く願っていた。

朝食会が終わると、美音璃たちは校舎へ向かった。紬たち世話係は大広間の片づけを手伝った後に、その隣にある控えの間で軽い朝食を取った。

控えの間といっても、十分な広さがあり、大広間よりは控えめだけれど、贅沢《ぜいたく》な内装が施されている。アイボリーを基調にしたインテリアは、豪華絢爛な大広間よりも紬にとっては居心地がいい。

八人掛けの長方形のテーブルの片側に四人で集まり、シェフが残りの材料で作ってくれた朝食をおしゃべりしながら食べるのが朝食会後の恒例行事となっており、世話係たちのささやかな楽しみでもある。

真っ白なテーブルクロスをかけた机上に、サンドウィッチやおにぎり、フルーツなどを盛りつけた皿を並べ、それぞれが好みの飲み物を入れる。紬はいつも美音璃と同じく、コーヒーを飲むことにしている。

その隣に座る、芙久子の世話係である葵は、緑茶を飲んでいる。葵が仕える五百城家の使用人は着物を着る決まりがあるので、葵は早雲女子学院内でも着物にエプロンドレスをつけたスタイルで世話係を務めている。

「もう四月になりますから、皐月祭もあっという間に来ますね。美音璃様のドレスは出来上がってきましたか？」

葵に尋ねられた紬は、今週中には届くようだと答えた。

「美音璃様に逃げられてばかりで仮縫いが遅れましたので心配しておりましたが、間に合いそうでほっとしています」

「よかったです。あまりぎりぎりだと調整をお願いするのも難しくなりますから。届いたらすぐにお召しいただいて確認した方がいいですよ」

「わかりました」

葵は四人の世話係の中で一番年長で、リーダー格だ。紬だけでなく、他の二人も葵を頼りにしている。

「葵さん。芙久子様のドレスはいつ頃手配なさいましたか？」

「昨年の舞踏会が終わってすぐにデザイナーをお呼びしました」

沙也佳の世話係である栞に尋ねられた葵は、落ち着いた口調で答える。沙也佳は来年三年生で、ドレスの制作も間もなく始めなくてはならない。世話係の栞にとっては大仕事だ。

「皆様が急ぎすぎないよう、前年度の舞踏会が終わらないと、次の年の参加者は準備してはいけないという決まりがありますからね」

裕福な家庭ばかりだから、舞踏会の衣装も年々競い合うように派手なものになっていった。中等部への入学が決まると同時に発注をかけるのが当たり前…とされ始め、競争の加熱を憂慮した学院側が一定のルールを定めた。

「沙也佳様はきっと凝ったドレスをお好みでしょうから、綿密にお打ち合わせされた方がよろしいです。仮縫いの業者を呼べるのは三回までと決まっていますので」

「そうなのですね。わかりました。沙也佳様にもお伝えして気をつけるようにいたします」

「沙也佳様なら三回なさるんでしょうね…」

最大限の機会を使い、最高のドレスを仕立てさせるのだろうと想像し、紬はうらやましそうに栞を見る。

美音璃はドレスにまったく興味がなく、紬はその準備に散々苦労した。

昨年の舞踏会直後、葵が芙久子のためにデザイナーを呼ぶと聞き、芙久子と一緒ならば美音璃も楽しめるだろうと考えて、同席をお願いした。

しかし、当日、美音璃は雲隠れしてしまい、発注することはできなかった。

その後も何度か予約してはキャンセルするというのを繰り返し、結局、デザインの相談と仮縫いを一度に済ませることになったと悔やむ紬を、栞は苦笑を浮かべて慰める。

「美音璃様は何をお召しになっても素敵でしょうから、心配することはないですよ」

大丈夫と優しく言ってくれる栞に、紬は「ありがとうございます」と礼を言う。

栞の仕える沙也佳は華美な服装を好むが、世話係の栞は主人を引き立たせるかのようにシンプルないでたちだ。

首元を隠すスタンドカラーの黒いブラウスとタイトスカート。髪は一つにまとめ、紬よりも少し短いタイプのホワイトブリムをアクセントにつけている。

胸当てのないタイプのエプロンは、フリルなどのない、シックかつ実用的なものだ。背が高くてスマートな栞にはよく似合っている。

栞は二十三歳になる紬よりも一つ年上で、同級生のような感覚で接せられる気の置けない存在だ。

そんな栞のミニマムなスタイルと対照的なのが、波留乃の世話係の操である。

「そうですよ。美音璃様のドレス姿なんて、楽しみすぎます」

四人の中で一番若い操は、波留乃の趣味で、装飾過多な制服を身につけている。

胸元に大きなリボンのついたミニスカートのドレスに、フリルが多用されたエプロンドレスをつけ、頭にはこれまたフリルたっぷりのモブキャップを被《かぶ》っている。

本人はいささか恥ずかしいと思っているらしいのだが、波留乃から似合うと言われ、従っている。

そして、操は美音璃を女神と慕っていた。

「美音璃様は今日もお美しくて…光り輝いていらっしゃいましたね。あんなに髪がさらさらなんて、ヘアケアにどれほどの時間をかけてらっしゃるのでしょうか」

「……」

まさか、面倒くさがって洗わないことの方が多いとは言えず、紬は曖昧な笑みを浮かべて「まあ、適当に」と言葉を濁した。

昨夜も朝食会があるので髪を洗いましょうと手伝いを申し出たのに、忙しいからと断られてしまった。どうして忙しいのかは聞かなかったけれど、結局、朝までゲームをしていたのだ。

本当に…美音璃はわかっているのだろうか。

舞踏会で会う許婚と、卒業したら結婚しなくてはならないことを。

「そういえば、美音璃様の許婚のお話。どなたなのかもわからないっていうのは本当なんですか？」

栞に尋ねられた紬は、微《かす》かに表情を曇らせて「ええ」と返事した。

紬が宝珠院家で働き始めたのは、誘拐され亡くなったとされた美音璃が戻ってきた直後だった。

美音璃よりも五つ年上の紬は、家庭の事情もあって高校へは進学せずに、宝珠院家で働くことになった。美音璃の事件はニュースで知っており、最初はどう接したらいいのかと緊張した。

けれど、美音璃は今と変わらない調子で、気遣われるので困ると愚痴を零《こぼ》した。

紬は普通にしてくれないか。そんな美音璃の頼みを、二つ返事で受け入れ、紬は使用人として献身的に尽くしてきた。

「あの事件で婚約を解消されたお相手の方も存じ上げないのです。美音璃様の事件に関してはタブーのような扱いでしたので…」

「それは当然でしょう。それに美音璃様は宝珠院家の一人娘でいらっしゃいますから、色々とご事情があるのかもしれませんね」

「確かに、お相手も限られますよね」

「でも、舞踏会ではわかるのですから」

楽しみです…と操が笑みを浮かべて言うのに、紬は頷く。楽しみよりも不安の方が大きかったが、世話係としては顔には出せない。

どんな相手でも、美音璃の未来の夫に対し、宝珠院家の使用人として同じように尽くさなくてはならない。

「芙久子様の許婚はどなたなのですか？」

紬が考え込んでいると、琹が葵に問いかけた。本来、許婚について聞くのはマナー違反であるのだが、舞踏会は目前に迫っている。もうすぐわかるのだからという考えが、皆の口を軽くしていた。

「桐野江《きりのえ》家のご次男です」

「あの桐野江家ですか。さすが五百城家ですね」

桐野江家は国内トップ規模の銀行を有し、その他の金融事業も多く手がけている名家である。

五百城家は女系で、妹が二人いる長女の芙久子は、跡取りとして養子を取らなくてはならない。

そのため、次男と婚約を交わしていると聞き、「だったら」と操が紬に話しかけた。

「美音璃様のお相手も、ご長男以外の方になりますよね？」

「そうですね…」

たぶん…と答える紬の表情が硬いのに気づいた琹が、「何か？」と尋ねる。気になることでもあるのかと心配された紬は、慌てて首を振った。

「美音璃様は皆様ご存じの通り…自由奔放なところがおありなので…大丈夫かなあと思っているのです」

「大丈夫ですよ。美音璃様なら」

「美音璃様はお優しいですから」

きっとなんとかなると言ってくれる栞と操に礼を言う。せめてどこの誰かだけでもわかっていたら、不安も少なくなるのだろうだけど。

生涯添い遂げる相手に舞踏会で初めて会うなんて、冒険が過ぎると思って、紬は溜め息を隠すためにコーヒーを一口飲んだ。

世話係たちの朝食会がお開きになり、雲水寮に戻りかけた紬は、背後から「紬さん」と呼び止められた。

振り返れば葵がいて、手招きをされる。葵が戻る火影寮と紬が暮らす雲水寮は木犀棟を挟んで東西に建っている。

そのため、それぞれに繋がる渡り廊下へ続く二階のホールで、紬は葵と窓の外に校舎が見える位置に葵と並び立った。

「美音璃様が心配ですか？」

優しく尋ねる葵を紬ははっとした表情で見る。沈んだ表情を気にかけて呼び止めてくれたのだろうと思い、「ありがとうございます」と礼を言った。
「お気遣いいただいて感謝します。…美音璃様ご自身はさほど気にしておいでではないの
で、私の取り越し苦労なのでしょうが…」

「わかりますよ。私も芙久子様が心配でなりません」
葵の告白は紬にとって意外で、少し目を見開いて「そうなのですか？」と聞き返す。

「芙久子様はあんなにしっかりされているのに…」
芙久子は早雲女子学院開校以来の才媛と誉れ高い。妻になっても母になっても、その賢
さで難なく乗り切っていけるだろう。
不安なところなどなさそうに見える。紬の言葉に、葵は苦笑して首を振った。

「素直で正直な美音璃様とは違い、取り繕うのは上手でいらっしゃるので、表面上はうま
くやれると思いますが、それだけにストレスを溜められるでしょうから」

「そう…ですね」

「結婚というのはこれまでにない大きな変化ですからね」
確かに…と頷き、紬は唇をぎゅっと嚙《か》み締めて考え込む。
早雲女子学院の生徒で、親の決めた許婚との結婚に、異を唱える者はいない。そういう
教育がなされているし、選択肢は他にないからだ。

たとえ名前や顔を知っていても、舞踏会で初めて会う相手が、どんな人間なのかはわからない。直感的に好きにはなれない相手だったとしても、不満は口にしてはならないのだ。

だから、舞踏会後に、伏せってしまう生徒もいる。

「芙久子様の許婚は桐野江家のお坊ちゃまなのですね。どんな方なのでしょうか」

「私は存じ上げませんが、芙久子様は色々と調べておいでのようです」

どうやって…と聞きかけて、紬ははっとする。

早雲女子学院ではインターネットを通じた情報は生徒に悪影響しか与えないという考えのもと、スマホやパソコンなどの、外界と接触できるツールの持ち込みを禁じている。それだけでなく、学校の周辺に強い妨害電波を飛ばしており、たとえ通信機器を持ち込めたとしても使用はできないのだ。

だが。

「芙久子様はお得意ですものね」

芙久子の実家である五百城家は、通信事業を生業《なりわい》にしており、高いスキルを持つ技術者を大勢抱えている。芙久子は彼らを使って自分だけが使用できる通信環境を構築しているのだという話を、美音璃から聞いていた。

「私はゲームとかネットとか、よくわからないのですが、美音璃様たちがやられているゲームも本当はできないはずのものなんですよね？」

「ええ。周辺の基地局を使用するとばれるので、衛星を使ってるとかなんとかかんとか…なのですよ」

「はあ…」

「まあ、前もってどういう方なのか知っておくと、心構えもできると思いますので、私も何も申し上げないのです」

葵の言う通りだと、紬はこくこくと頭を動かして頷く。許婚に会ってショックを受けるパターンというのは、相手に過大な期待を抱いているケースが多い。

けれど、あらかじめ、こういう人だというのがわかっていれば。

「お顔だけでもわかっていると、安心できますよね」

「名前しか知らずにいるよりはいいのでしょう。ただ、美音璃様は…」

名前さえもわからないのだから…と、葵は表情を曇らせる。紬は深く頷き、どうかお相手がよいお方でありますようにと祈るしかないと話した。

「そうですね。私たちにはお嬢様を支えることしかできませんから。紬さんが不安なお顔でいると美音璃様が心配なさいますよ」

「気をつけます」

葵も同じように不安でいると知って、少し気が楽になった。声をかけてくれたことに感謝し、「ありがとうございます」と礼を言って頭を下げる。

葵の言う通り、世話係が憂いていては美音璃にも迷惑をかける。しっかりしなきゃと心の中で呟き、ぎゅっと両手を握り締めた。


その頃。美音璃と芙久子が所属するクラスでは、和裁の授業が行われていた。春休みの間は通常科目ではなく、教養を身につけるための特別授業を受けることになっている。

夏に着る浴衣《ゆかた》を手縫いするというその時間は、美音璃にとっては苦痛でしかなく、最初から作業を放棄していた。

「いいのかい？　提出は来週だよ」

「こっそり持ち帰って紬にやってもらう」

窓際の最後列で縫い物をしている振りを装う美音璃を、前の席から芙久子が振り返る。

担当の教師は所用で席を外しており、自習となっていた。

自由な雰囲気の中、そこかしこに友達同士が集まり、静かにおしゃべりしながら針を動かしている。

春のうららかな日差しが差し込む教室はとても暖かい。ふわあとあくびをした美音璃は、机にもたれかかるようにして頬杖をつき、せっせと並縫いする芙久子を眺めた。

「芙久子は本当に真面目だなあ。眠くないのか？」

「眠いからこそ手を動かしてるとも言える」

「偉いよ。良き妻になれるね」

睡魔に抗《あらが》えず、半ば閉じた目で言う美音璃に、芙久子は「寝言か？」と苦笑して返す。

美音璃は「いや」と首を振った。

「嫁に貰《もら》うなら絶対、芙久子がいい」

「他にもっといるだろう。可愛くて従順で控えめな女子が」

「そういうのはいい」

「ふん。まあ、私も君のところなら嫁いでもいいな。毎日、楽しそうだ」

ゲームの腕も悪くない。芙久子がつけ加えた一言が嬉しくて、美音璃はにやりと唇の端を上げる。

「芙久子は？　嫁に貰うなら誰？」

君だという一言を待っているらしい美音璃を、芙久子は手元から目を上げてちらりと見た。子供みたいな期待いっぱいのにやにやした顔に、期待通りの答えを与えてやるのがしゃくに思えて、「そうだな」と考える振りをする。

「誰がいいかな」

「そこは『美音璃だ』と答えるべきだろう」

焦《じ》らす芙久子に苛つき、美音璃は不満を口にする。思った通りの展開になったのに、芙久子が声を上げて笑う。

その時。

「宝珠院さん！　おしゃべりは遠慮して、手を動かした方がよろしいですわよ」

鋭い声で注意され、美音璃と芙久子は驚き、教室の前方に目を向ける。それまでさざめきのようなおしゃべりに満ちていた教室が、一瞬で静まり返った。

美音璃の名を上げて注意したのは、クラスの委員長を務める香椎藍那《かしいあいな》だった。

立ち上がり、睨《にら》むような目つきで見てくる藍那に、美音璃は「すまない」と詫びる。

「迷惑だったか？」

「笑ったのは私だ。注意すべきは私なのでは？」

美音璃がうるさくしたわけではないと、芙久子が反論すると、藍那は縫い物をしていないからだと返す。

「五百城さんはちゃんと縫っていらっしゃるけど、宝珠院さんはおしゃべりしてるだけじゃないですか」

「だが…」

「いや。彼女の言う通りだ。すまなかった。ちゃんとやるよ」

藍那に詫びて、美音璃は机の上に放置していた針道具を手にする。素直に謝罪した美音璃に、藍那はまだ何か言いたげだったが、隣の席の生徒に促されて腰を下ろした。

しばらくすると、再び教室は静かなおしゃべりに包まれる。落ち着いたのを見計らい、芙久子は小声で美音璃に話しかけた。

「委員長はどうして君を目の敵《かたき》にするのだと思う?」

「紬によると私が真面目じゃないからだそうだ」

「ほう。紬ちゃんがそんなことを?」

「彼女はうちの寮なんだが、寮の催しでもよく注意を受けるんだ。それを見た紬がそう言ってた」

「ふうん」

なるほどと芙久子は頷いたけれど、意味ありげな物言いだった。

美音璃はじっと芙久子を見る。視線に気づいて目を上げた芙久子に「なんだ?」と聞くと、笑みを浮かべた顔を横に振った。

「わかってないならいい」

「なんだよ」

教えろ…と美音璃が要求すると、「コホン!」と藍那が咳払《せきばら》いする音が響く。肩を竦めた芙久子に、美音璃は渋い表情を返して、縫い物をする振りを続けた。

その夜、美音璃は紬から芙久子の許婚についての話を聞いた。

「芙久子様のお相手は桐野江家のご次男だそうです。美音璃様、ご存じでしたか？」

「いや」

知らなかったと答え、美音璃はロールキャベツのスープをスプーンですくう。中央がくぼんだ白い皿が金色のコンソメスープで満たされ、その中にロールキャベツが二つ浮かんでいる。

先ほどからスープばかり飲んでいる美音璃に、紬はちゃんとロールキャベツも食べるように促した。

「三つでは多いとおっしゃるから二つにしたのですよ」

「その代わりにサイズを大きくしたんじゃないのか。いつもより大きく見えるぞ」

「そ…そんなこと、してませんわよ？」

図星を突かれて、挙動が怪しげになる紬を目を細めて見て、美音璃はスプーンをカトラリー置きへ戻し、フォークを持った。

美音璃のために紬が用意した夕食は、メインのロールキャベツと、スナップエンドウとミニトマトのサラダ、自家製カンパーニュの薄切りだ。

紬はもっと色々と作りたいのだが、小食な美音璃から無駄になると止められている。品数を出せない分一品一品にこだわり、パンも紬が自ら焼いている。

前回、ロールキャベツを作った際、三つでは多いから減らすよう言われた。そのため、二つにしたのだが、サイズを大きくしたのをしっかり見抜かれ、戸惑う紬の前で、美音璃はロールキャベツをフォークで刺して持ち上げる。

「見ろ。どう考えても大きくなった」

「見間違いです。大きく見えるのであればナイフでお切りください」

「桐野江というのは…銀行だったか？」

唐突に話題を変えられ、紬は戸惑いながらも頷く。

「はい。天竹《てんじく》銀行をお持ちの桐野江家です」

「なるほど。だとすると…金を使い放題だな？」

美音璃の問いかけに紬は首を傾げる。銀行だからといって使い放題というのは、違うように感じたのだ。

「私にはわかりかねます」

困った顔で答える紬に、美音璃は少し眉を顰めて「違うのか？」と聞いた。

「芙久子様にお尋ねになってください」

「そうしてみる。銀行か。どんな男だろう」

どこか楽しげな顔つきで呟き、美音璃はナイフでロールキャベツを半分に切る。それをフォークで刺して持ち上げ、「前はこれくらいだった」と目を眇《すが》めた。

「倍にはしてません」

「1・5倍か？」

「そのくらいでしょうか」

「やっぱり大きくしたんじゃないか」

語るに落ちた紬は、誘導尋問に乗ってしまったのを悔やみながら、「それよりも」と気にかけている美音璃自身の問題について触れる。

「美音璃様の許婚がどなたなのかも舞踏会でわかりますが…大丈夫ですか？」

「何が？」

「不安などは…」

ございませんか…と聞きかけて、紬は余計な一言だと気づき、口を閉じる。不安がないはずがないのに、確認してどうするのか。

しっかりしなきゃと思ったばかりなのに、世話係として相応《ふさわ》しくない発言だったと反省する紬を、美音璃は笑みを浮かべて見た。

「紬の許婚が現れるみたいだな」

「美音璃様」

「心配するな。なんとかなる。それより、私が卒業して結婚したら紬はどうするんだ？」

「私は美音璃様が結婚されても世話係としてお仕えします」

「じゃなくて。紬も結婚しなきゃいけないだろう?」

それまで当たり前だったすべての概念が覆るほどの少子高齢化に陥った日本では、国の危機的状況に対処する目的で、新しい法律…人口増加促進法が施行された。

当初は人権を毀損するものだとして多くの反対運動が起きたりもしたが、やむを得ないという意見に後押しされて制定された人促法では、それまで国民に約束されていた権利が大幅に制限された。

人促法には男女共に三十歳までに結婚し、第一子をもうけなくてはならないという条文がある。

他にも、なんらかの事情で子供を授かれない場合は、その理由を証明する必要がある。そして、養子を取ることを強く推奨される。

三十歳を過ぎても独身でいる場合は罰則規定があり、所得の七十パーセントを税金として国に納めなくてはならないし、福祉へのアクセスも制限される…など、かつて認められていた人権とは程遠い内容ばかりが定められている。

紬は美音璃よりも五つ年上の二十三歳で、まだ未婚だ。国の定める結婚年齢までまだ間があるが、一般的には二十五歳までに結婚するのが「普通」とされているので、そろそろ相手を探さなくてはならない。

紬もそれはわかっているが、自分のことよりも、美音璃を優先させなくてはならない。

「私は美音璃様に…宝珠院家にお仕えしておりますので、結婚に関しては流れに身を任せるつもりです」

「どういう意味だ？」

「使用人はいずれ、武者小路様からご紹介を受けますので」

武者小路は宝珠院家の執事で、使用人たちを管理する立場にある。未婚の女子はしかるべき年齢になると、武者小路から縁談を持ちかけられるというのが、通例であった。

「そうか…」

「どちらにせよ、私の結婚は美音璃様の後になりますので。今はそれよりも美音璃様のことが…」

心配で…と言いかけ、はっとして口を噤《つぐ》む。美音璃を億劫にさせるような発言は控えるべきだと思ったばかりだ。紬は軽く首を振り、気分を切り替える。

「…とにかく、旦那様のお選びになる方です。きっと素敵な殿方でしょうから…」

「本気で言ってるのか？」

「……」

視点を変えてみようと思い、旦那様と口にした紬を、美音璃は疑うような目で見た。

紬の本当の主人…美音璃の父である宝珠院家当主の宝珠院一朗太《いちろうた》は、人柄は大変優れているのだが、実務の面はさっぱりだ。会社は経営陣に、家の管理は武者小路に任せ、妻の亜津子《あつこ》と共に年中海外を遊び歩いている。

紬も一朗太が決して頼れる人物ではないことを承知しているので、反論できなかった。

鋭い目で見てくる美音璃からそれとなく顔を背け、小声でつけ加える。

「武者小路様がチェックなさるでしょうから、大丈夫です」

「そうかな」

首を傾げ、美音璃は半分に切ったロールキャベツを口へ運ぶ。もぐもぐと時間をかけて咀嚼《そしゃく》し、飲み込んだ後、フォークを置いて紬を見た。

「まあ、どんな相手にせよ、私が紬を守ってやるから心配はしなくていいぞ」

「ありがとうございます。さりげなくフォークを置かずに、全部、召し上がってくださいね」

「倍にしたんだから一個でいいだろう？」

「倍じゃありません。１・５倍です」

だったら…と言い返してくる美音璃が、許婚に関して不安に思う気持ちを隠している様子はない。それに少し安堵して、紬は残さず食べるよう辛抱強く説得した。

美音璃の許婚は誰なのか。どんな相手なのか、想像してみてもまったく思い浮かばず、紬の心から憂いが消えることはなかった。

美音璃が舞踏会で着用するドレスが到着し、試着を済ませると、運命の日を待つばかりとなった。

そして、四月に入り、早雲女子学院中等部は初々しい新入生を迎えた。校内、寮内共に慌ただしい雰囲気に満ちていたが、しばらくすると落ち着いた。穏やかに月日は流れ、皐月祭の開かれる五月を迎えようとしていた頃。

大事件が起こった。


紬がいつものように美音璃に朝食を食べさせ、校舎へ送り出した後、後片づけをしていると電話が鳴った。

寮長の部屋には校内のみで通じる有線の電話が置かれている。電話をかけてくる相手は大抵、世話係仲間だ。紬は食器を片づけていた手を止め、電話に出た。

「はい。雲水寮でございます」

『紬さん？　葵です。美音璃様はいらっしゃいますか？』

「先ほど、校舎へ向かわれました。今日は珍しく早起きしてくださったので…」

紬の答えを聞きながら、葵は誰かに「お出かけになられたようです」と伝えていた。恐らく相手は芙久子だろう。ただならぬ雰囲気を感じ、紬は背筋を伸ばして「どうかなさいましたか?」と尋ねた。

葵はすぐに紬に答えなかった。電話の向こうで、葵と芙久子がやりとりしている声が聞こえる。そして。

『紬ちゃん? 私だ』

「芙久子様! おはようございます。何かあったのでございますか?」

『謀反だ』

「むほん」

普段から誰よりも冷静な芙久子と葵が焦った様子で電話をかけてきているのだから、一大事であるのはわかるのだが、「謀反」という言葉に縁がなさすぎて、紬は繰り返すしかできなかった。

謀反とは?

「それは…どういう意味で…」

『宝珠院家の次郎丸《じろうまる》氏が本家に反旗を翻したらしい』

「えっ」

紬には芙久子の言う正確な意味はわからなかったけれど、次郎丸の名前や顔は知っていた。

宝珠院次郎丸は美音璃の父である宝珠院一朗太の弟で、分家の当主だ。本家にもたびた
び顔を出すので何度も会っているのだが、癖のある人物で、好感は持てていなかった。
「次郎丸氏といいますと…旦那様の弟君で…分家の？」
『ああ。朝からネットをチェックしていたら、次郎丸氏が宝珠院家の資産を管理するトレ
ジャーリアルエステイトの株式を取得するために、外資系ファンドを使ってＴＯＢを仕掛
けたというニュースが上がっていた。宝珠院家のお家騒動だって大騒ぎだ』
「お家騒動…」
株式だのＴＯＢだのという難しい内容はともかく、お家騒動という言葉に紬はどきりと
した。一朗太と次郎丸の不仲を知っていたからだ。
宝珠院家の使用人にとって兄弟間の関係が芳しくないというのは共通認識事項であり、
次郎丸が本家にやってくるたびにピリピリとした空気が流れていたのを思い出す。
次郎丸は些細《ささい》なことでも使用人をひどく責め立て、クビだと喚《わめ》き始めるので、機嫌を損
ねないように細心の注意が払われていた。
せめて当主である一朗太が対抗してくれればいいのだが、おっとりした性格が災いして、
明らかに次郎丸が間違っていても言い返すことすらできなかった。
あの次郎丸様なら…。紬は不安が湧き上がる胸を押さえ、芙久子に「それで」と尋ねた。
「どうなるのでしょう？　美音璃様に何か…」

影響があるのかと聞く紬に、芙久子は「わからない」と答える。

『だが、次郎丸氏の目的が本家の乗っ取りで、それが成功してしまったなら…何かしらの影響はあると思う』

「……」

だとしたら…どうなるのか。重ねて聞きたくなったが、芙久子にも予想がつかない状況なのだろうから、困らせるわけにはいかない。

息を呑《の》み、沈黙する紬に、芙久子は校舎で美音璃を捕まえて話をする…と続けた。

「よろしく…お願いします。私ではうまく話せないでしょうから…」

『紬ちゃんを心配させるような話を聞かせてすまなかった。でも、知っておいた方がいいと思ったから…。何があっても、私は美音璃と紬ちゃんの味方だ。それだけは忘れないで欲しい』

「ありがとうございます」

力強く励ましてくれる芙久子に礼を言い、紬は電話に向かって頭を下げる。芙久子は葵に電話を替わり出かけていったようで、「紬さん」と葵の声が呼びかけてきた。

「葵さん…。ありがとうございます。お電話いただいて」

『心配でしょうけど、気をしっかり持ってくださいね』

「はい…」

『きっとご当主様がなんとかなさいますから』

大丈夫ですよ…と葵は言ってくれたが、一朗太の顔を思い浮かべると、紬の不安は大きくなるばかりだった。

一体、どうなってしまうのだろう。

突如起こったお家騒動は、紬と美音璃の運命を大きく変えることとなった。


宝珠院家で起こったお家騒動の一報が出た一週間後。美音璃と紬は理事長室に呼ばれた。

早雲女子学院の理事長である小早川華子《こばやかわはなこ》氏と、理事三名、校長、教頭からなる臨時会議において、暫定的な美音璃の処遇が提案された。

「本来、当校ではご実家になんらかの問題が起こった場合、速やかな退学をお勧めしています。それがお互いのためですから。ですが、今回の一件は判断が難しいのです」

理事長を中心として六名が並んで座る席の前に、美音璃と紬は立たされていた。

面談の前に、芙久子からアドバイスを受けた美音璃は、心証をよくするために制服をきちんと着て、哀《かな》しそうな表情を浮かべて俯いていた。

美音璃の今後を決める面談の日程が決まった後、芙久子は美音璃と紬に様々なシチュエーションを想定した上での対応をレクチャーした。

状況はよくないからね。君にできるのは従順な姿勢を見せることだよ。

芙久子のアドバイスを頭の中で繰り返し、美音璃はひたすら項垂《うなだ》れる。

「分家の乗っ取りと騒がれておりますが、宝珠院家が零落されたわけではなく、ご当主は海外に滞在中で対応が遅れている…ということなのですよね？」

確認する理事長に、芙久子から指示を受けていた紬が「はい」と答える。

美音璃は騒動に傷つき、憔悴《しょうすい》して声も出ないということにしておこうというのが、芙久子の作戦だった。

「美音璃様は食事も喉を通らず…弱っておいでですので、私が代わりにお答えしてもよろしいでしょうか」

「そうですね。随分おやつれになって…私も見るに堪えません。お願いできますか？」

「ありがとうございます。旦那様と連絡を取りましたところ、旦那様ご自身も戸惑われており、詳細を調査中で、しばらく待って欲しいとのことでした。騒ぎを起こされた弟君と話し合う予定があるそうです」

正確には一朗太と電話で話したのは美音璃だ。一報が出た後、芙久子の力を借りて特別な回線を使用したスマホで一朗太に連絡を入れたところ、ニースの別荘にいて、お家騒動などと報道されていることを、まったく知らなかった。

そして、翌日、連絡してきた執事の武者小路は、美音璃に難しい相談を持ちかけた。

早雲女子学院では実家に問題が起こるとすぐに生徒を休学させ、帰宅させる。問題が起こるような家の生徒は学院に相応しくないという方針の下、退学を勧めるのだ。芙久子も美音璃が家に帰されるのでは…と心配していたのだが、さらに困った状況が持ち上がった。

一朗太と武者小路が海外の別荘にいる時を狙って騒動を起こした次郎丸は、本家を封鎖して立ち入れないようにしてしまった。武者小路をはじめとした主な使用人たちは一朗太に随行し、留守番しか残っていなかったところを急襲された。

よって、美音璃には帰るべき家がない。なので、なんとかしてしばらくの間、学院に留《とど》まって欲しいというのが、武者小路の頼みだった。

美音璃と紬は困り、芙久子に相談して対応策を練り上げた。同情を引くために美音璃はやつれた姿を見せ、紬は情に訴える…というのが基本プランである。

「美音璃様は今回の一件で大変傷つかれ…心を痛めておいでです。家に戻りましても、旦那様も奥様もまだ海外で、安心できる環境ではありません。できましたら、旦那様たちが戻られるまで、住み慣れた寮で過ごさせていただければ…幸いなのですが…」

決定権を持つ理事長に対し、切々と紬は訴える。理事長は真摯に紬の話を聞きながらも、困った表情を浮かべた。

「私としては宝珠院さんは優秀な生徒ですし、宝珠院家の血を引かれていることに変わりはないので、そうしていただきたいのはやまやまです。しかし、今年度分の授業料の振り込みもない現状を考えますと、難しいのですね」

「それは…タイミングが悪く…大変申し訳なく思っております」

なんとかして学院に留まって欲しいという無理難題を美音璃に持ちかけた武者小路は、続けて悲報を伝えた。

もうひとつ、心苦しいお知らせなのですが…と深刻そうに武者小路が打ち明けたのは、三年生分の寮費を含めた授業料の振り込みが終わっていないという、衝撃の事実だった。

早雲女子学院では新年度に入ってから、一年分の諸経費を振り込むことになっている。

帰国後に対応しようと考えていたところ、騒動が起き、預金が動かせなくなってしまった。

なので、それもしばらく待ってもらうよう、学院側に頼んでくれと言われたのだが。

「状況が改善すればすぐにお振り込みいたしますので…」

「いつになるか確約はできますか？」

「それは…現時点ではいたしかねます…」

「では難しいですね…」

「ですが…美音璃様のご学友である五百城芙久子様が保証してくださいますので…！」

いざとなれば、五百城家の威光を振りかざせという芙久子の指示もあって、紬は藁《わら》にも縋《すが》る思いで五百城家の名を口にする。

理事長は理事たちと顔を見合わせ、「だとしても」と厳しい表情で返した。

「五百城さんもまだ学生の身の上です。ご学友同士で助け合いたいのはわかりますが、生徒の口約束などで…」

どうにかなるものではないと言いかけた理事長の前で、美音璃は突然、両手で顔を押さえて泣き始めた。

最終手段は泣き落としだという、芙久子の指示に従い、同情を誘うために必死で涙を流す演技をする。

「こんなことになって…もう…どうしたらいいのか…。お父様もお母様も帰国できない状態で…私は帰る場所もないのです…」

「美音璃様っ……！」

「理事長のお優しさを頼るしか…なくて…。解決法が見つかるまででかまいませんから…紬と一緒に芙久子さんのところに身を寄せては…いけませんか…？」

涙混じりの弱々しい声で美音璃が尋ねると、理事長は明らかに狼狽えた。

理事長は美しいものが好きだ。美的感覚に優れた彼女が、学院で一番の美少女でもある美音璃を邪険に扱うはずがない。

よって、美音璃を気に入っている理事長の憐情《れんじょう》を利用するというのが、芙久子の計画だった。

いつもは堂々として光り輝くような美しさの美音璃が傷つき、涙している姿は、確実に理事長の心を捕らえた。

「宝珠院さん、落ち着いてください。宝珠院さんがそんなに泣いていると私まで涙が…」

「理事長…お願いします」

ぐすんと鼻をすすり、美音璃は紬から渡された白いハンカチで目元を押さえる。涙で潤んだ目で縋るように見られた理事長は、きゅっと唇を引き締め、意を決したような表情になり、「わかりました」と返事した。

よし！　…と美音璃と紬は内心でガッツポーズを決める。さすが芙久子。開校以来の才媛と言われるだけはある。

これで芙久子の作戦通り、なんとかなったと安堵したのだが。

理事長は思いがけないことを言い出した。

「ただ、火影寮で過ごされるのは許可できません」

「どうしてですか？」

「ご実家の問題が片づくまでは授業に出ていただくわけにはいきませんし、間もなく皐月祭も開かれます。残念ながら宝珠院さんの出席は難しいでしょう。舞踏会を楽しみにされていたと思うのに、本当に残念です。皆さんが浮き足だって準備する姿を目にするのは、お辛《つら》いでしょう？」

「いや…それは…別に…」

疎外感を感じてしまうのは可哀想《かわいそう》だと、思いやりをかけてくれる理事長に、美音璃はぎこちなく首を振る。

元々、舞踏会なんて興味はないし、面倒くさい行事に参加しなくていいのは幸いだ。

そんな本音は心の奥底に隠し、気遣いは無用だとやんわり伝えようとした美音璃の前で、理事長は「そうだわ！」と言って手を叩《たた》いた。

「木犀棟にお移りになったらよろしいのでは？　ご実家の状況が落ち着かれるまで、サロンのお手伝いなどをなさったらいいかと思いますよ」

「木犀棟…ですか…」

いや、それは。神妙な態度を要求されている立場だけに、あまり気が乗らないな…とも言えず。

顔を見合わせた美音璃と紬は、理事長の提案に頷くしかできなかった。

どうしても火影寮じゃなきゃ厭《いや》だ。そんなわがままを言わずにおいてよかったと思ったのは、理事長が去った後、実務を担当する校長や教頭に大変面倒がられ、丁重ではない…どころか、粗雑な扱いを受けたからだ。

校長と教頭は、宝珠院家…美音璃の実家である本家は没落したも同然と考えており、木犀棟の中でも使用人が暮らしていた屋根裏部屋へ引っ越すよう、命じた。

それを聞いた芙久子は。

「私の美音璃を屋根裏部屋に住まわせるだと？　…あいつら、まとめてクビにしてやる！」

恐ろしい形相になって、校長と教頭への呪詛《じゅそ》を吐き、拳を握り締めた。

だが、怒る芙久子に対して、美音璃は呑気なものだった。

「まあ、いいじゃないか。楽しそうだよ。屋根裏部屋ってのも」

すぐに出ていけと迫られなかったのだから、目的は果たせたと考えよう。美音璃に落ち着けと諭された芙久子は、かっとしたのを反省して、肩で息をつく。

「そうだな。あいつらへの仕返しは長期スパンで考えることにしよう」

「怖いぞ」

「ご不自由なことがあれば、なんでもおっしゃってくださいね。幸い、木犀棟と火影寮は直接繋がっておりますので、いつでも駆けつけられます」

「ありがとうございます。葵さん」

雲水寮から木犀棟の屋根裏部屋へ移るのは美音璃だけではない。世話係である紬も一緒で、今まで通りのお世話は難しいかもしれないから頼ってくれと申し出る葵に紬は礼を言う。

火影寮でもいいじゃないかと、しつこく不満を口にする芙久子に、美音璃は理事長の気遣いなのだと説明した。

「舞踏会に参加できないのに楽しそうな皆を見るのは辛いだろうからって」

「舞踏会なんてどうでもいいじゃないか。…いや、それは言いすぎか」

「せっかくドレスも届いて…。美音璃様の素敵なドレス姿を楽しみにしておりましたのに」

残念そうに呟く葵に、美音璃は笑みを向ける。

「そのうちって葵さんの前で着てあげるよ」

「そのうちって…気の長い。それより、どうなってるんだ?」

美音璃は一件落着みたいな顔をしているけれど、問題が片づいたわけじゃない。このまま、本当に宝珠院本家の当主が次郎丸になったら、美音璃はどうなるのか。

先は見えそうなのかと芙久子に聞かれた紬は、申し訳なさそうに身を小さくした。

「先日の電話以来、武者小路様からは連絡はありませんし、どういう状況になっているのかはわかりません。なにぶん、旦那様が…その…」

「うちのお父様はぼんくらだからな」

「美音璃様っ…！」

「ぼんくらじゃなきゃ、こんなことにはなってないだろう。武者小路がなんとかするとは思うんだが…いつまでにどうするとかは、まったく見えてない感じだ」

「武者小路か…。あてになる感じはしないよな。ワカメだし」

美音璃の話を聞き、芙久子は苦々しげな顔つきで舌打ちして頬杖をつく。普段は注意する葵も、芙久子の苛立ちを理解しているのか、何も言わなかった。

「せめて美音璃の授業料だけでも代わりに支払ってくれないか、母上に打診したんだが、断られてしまったんだ。すまない」

「そんな真似をしてくれたのか。よかったのに」

「私は君と一緒にいたいんだ。あと一年しか一緒にいられないのに…こんなことで時間を無駄にするなんて…あり得ない。金ならいくらでもあるだろうに、家同士のつき合いだとか体面だとか…くだらない」

「芙久子」

激しく顔を歪《ゆが》める芙久子を見て、美音璃は座っていた肘掛け椅子から立ち上がる。ソファに座る芙久子の隣に腰を下ろし、横からぎゅっと抱き寄せて頭を撫《な》でた。

「私のためにそんな顔をしないでくれ。おば様を悪く思うのもよくないことだ。仕方ないんだよ」

「だけど…」

「まだ、私が退学になると決まったわけじゃない。授業には出られないが、芙久子が帰ってくる頃にはここに来て待っているよ」

だから、元気を出して。優しい声で囁《ささや》く美音璃に、芙久子は渋面のまま頷く。

そして、しばらく考えた後。

「…もしかして…なんだが。君は『授業に出なくていいなんてラッキー！　昼寝し放題！しかもめんどくさい舞踏会を堂々とさぼれるなんて最高！』…とか、思ったりしてないよな？」

「え…？」

腕の中で芙久子が呟いた内容に心当たりがありすぎて、美音璃は目をぱちぱちさせながら彼女を見る。

図星と書いてある美音璃の顔を睨み、芙久子がわなわなと怒りだそうとするのを制するように、葵が「それよりも！」と切り出した。

「木犀棟といえば、気になる噂《うわさ》があるのです」

「噂？」

芙久子からの説教を避けようと、美音璃は葵の言葉に飛びつく。どういう噂なのかと聞く美音璃に、葵は火影寮内で囁かれている噂の内容を教えた。

「木犀棟は行事のある時以外は、寮長の皆様がサロンとして利用されるだけで、夜は無人です。それなのに、夜に明かりが点《つ》いているのを見たという話が時折聞かれまして…、木犀棟の哀しい過去もあって、何か出るのではないかと…」

「何かって…」

怯《おび》えた顔で紬が確認すると、葵は真面目な顔で両手の先を下に向けたポーズを取る。

「ゆ、幽霊ですかっ…⁉」

「へえ。楽しそう」

恐怖に戦《おのの》く紬とは違い、美音璃は興味深そうに呟く。芙久子は非科学的だと否定した。

「幽霊などいるものか。木犀棟は舞踏会で使用されるから、その準備のために業者が出入りしてるんじゃないのか。男性の業者は私たちの目につかない深夜に出入りするというじゃないか」

普段は寮長たちしか利用できない木犀棟は、舞踏会の会場として使用される。

木犀寮が廃止された際、それまで舞踏会で使用していた講堂が古くなっていたこともあり、一階が舞踏会に使用できるホールとして改築された。

舞踏会を間近に控えたこの時期、会場の準備のために、業者が夜間に出入りしているのは事実なのだが。

「でも、舞踏会の時期以外にも目撃したという話があるんです」

「幽霊だ」

「美音璃様！　面白がらないでください」

笑いながら言う美音璃を、怖がりの紬は顰《しか》めっ面で注意する。これから自分たちが暮らさなくてはいけない場所なのに。

「木犀棟には美音璃様と私の二人きりなのですよ。そこに幽霊なんか出たら…」

「どんな幽霊が出ても大丈夫だ。私が守ってやるから」

「もう…」

笑ってばかりいる美音璃は話を聞いてくれないと、紬が項垂れる。葵は雲水寮ではそういう噂はないのかと紬に確認した。

木犀棟の南東に火影寮、雲水寮は南西に位置している。どちらも渡り廊下で直接繋がっており、雲水寮からも木犀棟が見えるはずだ。

「いえ。そんな噂は一度も…」

「だったら、幽霊は木犀棟の東側に出るんだな」

「お気に入りの場所でもあるのか？」

幽霊のくせに？　ふんと鼻先から息を吐き捨てる芙久子を、葵はお行儀が悪いと注意する。

芙久子は肩を竦め、「ところで」と話題を変えた。

「雲水寮の寮長はどうなるんだ？」

「私はクビだからね。おそらく、委員長がやるんじゃないか」

「委員長って…」

同じクラスで美音璃を目の敵にしている香椎藍那のことかと聞く芙久子に、美音璃は頷く。

「彼女は雲水寮だったのか」

「香椎家は新興財閥の一つで、勢いのあるお家だと聞きますから。妥当でしょう」

寮長の選出には人柄や成績だけでなく、実家の格や財力が大きく影響する。香椎家は格は劣っても、財力でカバーできるだろうと話す葵の横で、紬は溜め息を零す。

「やはりお金の力は偉大なのですね…」

「当たり前だろう。芙久子はいいな。許婚は銀行家なんだろう？　銀行にはお金がたくさんありそうだ」

「ああ。安心しろ。もしものことがあっても、美音璃と紬ちゃんは私が囲ってやる。居心地のいい新居を建ててやるからな」

「頼もしい」

よろしく頼む…と笑う美音璃に対し、紬は複雑な心境で先を憂えていた。

木犀棟はかつての木犀寮…早雲女子学院が現在の場所に移転した際、一番最初にできた寮である…が改築された建物だ。

開寮当時、寮の清掃や調理を行う使用人が屋根裏部屋に住み込みで働いていたが、その後、使用人を置かなくなったので、屋根裏部屋は使われなくなった。

改築の際に使用する予定がないとして、入り口を特殊な形で塞いだせいで、その存在は忘れられていた。

雲水寮の部屋にあった美音璃の荷物は屋根裏部屋へ運び入れられる量ではなく、ほとんどが返送先未定のままパッキングされた。必要最低限の身の回りの品だけ運ぶことにして、作業が終わったところで、美音璃たちも屋根裏部屋へ移動することになった。

「木犀棟に屋根裏部屋があったとはな。全然気づかなかった」

「私もです。行き方を聞きましたところ、少々、難しくてですね…」

美音璃に頷きながら、紬は校舎などの建物を管理している用務員から受けた説明通りに進んでいく。

サロンの中央にある大広間を過ぎ、奥にある談話室を抜けて、そのまた突き当たりの部屋の左奥にドアがある。それを開けてみるようにと指示された。

「ここ…なのだそうです」

「この向こうに階段があるのか？」

不思議そうに首を捻《ひね》り、美音璃が目の前のドアを開けると。

「…なんだ。クローゼットか」

普通のドアに見えたが、中はハンガーがかけられるようなパイプのあるウォークインクローゼットで、洋服などは一着もかかっていなかった。客が着てきたコートなどをしまうように作られたものだろう。

これのどこが階段なのかと不審がる美音璃に、紬は一度ドアを閉めさせる。

「…ここの…ノブの裏側にあるボタンを押しながら開けるのだそうです。…ちょっと硬いですね」

眉間に皺《しわ》を刻み、紬は目いっぱい力を込めてドアを開ける。

すると。

「あっ…！　さっきと違う！」

「…奥に階段が見えます」

普通に開けた時とは違う景色が見え、クローゼットの裏側にある階段室に行くことができた。

「こんな仕組みになってたとは」

感心する美音璃と共に、紬は階段室へ足を踏み入れる。上に続く階段を上り始めると、古いそれはぎしりと軋《きし》んだ音を立てた。

照明があったので点けてみたが、切れていないだけマシというくらいの、心許《こころもと》ない明かりだ。恐る恐る上り切った先には小さな踊り場があり、その前に古い木製のドアがあった。

それを開けようとする美音璃を制し、紬が前に出る。

「私がお開けします。もしものことがあってはいけませんから」

「もう起こってるんじゃないか？」

今の状況がすでに「もしものこと」なのではと指摘する美音璃に、紬はいちいち茶々を入れないように返し、慎重にドアを開けた。

幽霊が出るという噂を聞いて以来、紬の恐怖心は高まっている。ドアを開けたら何か出てくるかも…という恐れは当たらなかったが、違う意味での恐怖がそこにはあった。

「…なんて…こと…」

部屋として狭くはない。だが、天井には蜘蛛《くも》の巣がいくつもあり、床は足跡が残るほどの埃《ほこり》が堆積している。窓は天窓一つだけで、簡素なベッドが壁に向かって二台、置かれていた。

それ以外の家具は腰丈の箪笥《たんす》と机と椅子が一脚あるだけだ。これまで暮らしていた雲水

込む。

愕然《がくぜん》とし、部屋の中へ足を踏み入れられないでいる紬の後ろから、美音璃は室内を覗《のぞ》き

寮の部屋とは天と地ほども違う。

「ほほう。これはなかなか…」

「こんなところに…美音璃様を…。なんてこと…！　絶対、許されません！　理事長はきっとご存じないのだと思います。すぐにお伝えして参ります！」

あまりのことに呆然《ぼうぜん》としていた紬が我に返り、怒りに震えて抗議しに行くと口にすると、美音璃は「やめよう」と反対した。

「ですが…」

「確かに多少ぼろいが、住めないわけじゃない。追い出されていたら行く当てもなかったんだ。ホテルに泊まればとも思ったけど、私と紬では支払いする方法がないだろう？」

「…申し訳ありません…」

寮で暮らしている美音璃たちは、現金もカードも持っていない。それどころか、スマホなどの通信手段もない。

以前ならば支払いの心配などせずに、宝珠院家の名を出すだけで泊まれたのだが、今の状況では難しいと武者小路から言われている。学院に残る以外に方法がないから、美音璃になんとかして欲しいと頼んだのである。

悔しそうに唇を噛み締める紬に、美音璃は苦笑する。

「そんな表情は紬に似合わないよ」

「美音璃様…」

「それに私たちが騒げば、きっと芙久子が無茶をする。わかるだろう？」

迷惑をかけたくない…という美音璃の気持ちはよくわかり、紬は何度も頷いた。

あまりに粗末な部屋を見て驚き、こんなところに…と憤慨して訴えようとしたけれど、その弊害までは考えていなかった。

「申し訳ありません。私が浅はかでした」

「謝らなきゃいけないのは私の方だ。こんな騒ぎにつき合わせることになってしまってすまない。もしも紬が希望するなら、辞めてもらっても…」

「何をおっしゃるんですか！　私は美音璃様のお世話係として、生涯お仕えする覚悟でおります！　宝珠院家の使用人として解雇されようとも、美音璃様のおそばに置いていただくつもりですから！」

「頼もしいな」

熱く語る紬の勢いに押されながら、美音璃は紬と共に部屋の中へ入る。ぐるりと見回した後、紬を振り返った。

「私はどうすれば？」

「ひとまず、私がここを掃除し終えるまで下でお待ちください」

「何か手伝えることがあればやるけど？」

「ございません」

美音璃が埃まみれになる姿など見たくもない。紬は屋根裏部屋から美音璃を追い出すと、袖をまくり上げて大掃除に取りかかった。


日がとっぷり暮れた頃、ようやく屋根裏部屋の掃除を終えた紬は美音璃を迎えに四階のサロンに下りた。

大広間の隣にある談話室の寝椅子に寝そべり、ゲームをしていた美音璃は「お疲れさま」と紬に声をかける。

「お待たせいたしました。…あの…美音璃様」

「ん？」

「いっそ、その寝椅子でお休みになられたら…。あの粗末なベッドよりもその方がよろしいのでは…」

「私たちは屋根裏部屋で過ごせという指示なんだから、それは守ろう。たまに休憩しに来るよ」

「そう…ですね。はっ！　私、掃除に夢中でお夕食の支度をすっかり忘れておりました！　申し訳ありません。すぐに…」

用意する…と慌て始める紬に、美音璃は「大丈夫だ」と優雅に声をかける。

「葵さんが差し入れを持ってきてくれた。調理室の方へ置いておくと言ってたよ」

「そうなのですか！」

なんと、ありがたい。紬が急いで調理室へ向かうと、すぐに食べられるように盛りつけまでされた皿が並んだお膳が二つ、置かれていた。

ラップがかけられたお膳の横に、葵からの手紙がある。

冷めてしまっていたら温めて召し上がってください。今日は慌ただしいかと思い、こちらで調理したものをお届けしましたが、美音璃様のお口に合うかわからないので、明日からは食材をお分けします。どうぞ遠慮なく訪ねていらしてくださいね。

「葵さん…」

優しい気遣いが心に染み、紬は目に涙を浮かべる。零れそうになったそれをさっと拭い、葵が持ってきてくれた料理を温め直し、美音璃のもとへ運んだ。

「美音璃様。葵さんからいただいたお夕食を召し上がってください」

寮長たちの集まりで使われる大広間の円卓にお膳を置き、談話室にいる美音璃に声をかける。ゲームを置いてやってきた美音璃は、「美味《おい》しそうだ」と笑みを浮かべた。

「芙蓉蟹《フーヨーハイ》かな?」

「葵さんはお料理もお上手なので。私も見習わなくてはなりません」

お膳にはあんのかかった芙蓉蟹と青梗菜《チンゲンサイ》のスープ、ピーマンとタケノコの炒め物、白ご飯、搾菜《ザーサイ》といった品が並んでいる。葵は和食中華洋食エスニックとなんでもプロ並みの腕前だ。

「うまいな。ちょっと量が多いけど」

「明日からは葵さんに食材を分けていただき、私がこちらの調理室をお借りして作りますので」

食事は大広間で、寛《くつろ》ぐのは談話室で、眠るのは屋根裏部屋で。紬からそんな指示を受けた美音璃は頷き、しばし考える。

「あれだな。眠るところ以外は、さほど変わらないってことだな?」

「芙久子様のおかげで学院に残ることができて、今はなんとかなっておりますが、今後次第で先が見えないのが問題なのですよ」

気軽な感じで捉《とら》えているらしい美音璃に、紬は溜め息交じりに伝える。それに。

「問題は寝室です」

「掃除したんじゃないのか?」

「……」

掃除はした。世話係のプライドをかけ、埃一つない、清潔な部屋にした。

しかし、問題は部屋ではなく。

食事を終えた美音璃を、紬は憂い顔で今日から寝室として使う屋根裏部屋へ案内した。

先ほどとは打って変わって、まっさらに掃除された部屋を見た美音璃は、さすがだと紬を褒める。

「見違えた。こんなに綺麗にするのは大変だったろう。私はこっちのベッドで眠ればいいのか？」

紬に聞きながら、奥のベッドに腰掛けた美音璃は、微かに首を傾げる。

「…なんか、硬いぞ？」

「ですよね…」

屋根裏部屋に置かれていたベッドにはマットレスがなかった。板を組んだだけ…床で寝るよりはマシという…のひどい代物で、その上に取り敢《とあ》えずシーツをかけてみたものの、硬いのに変わりはない。

「私の掛け布団を下に敷いて…いえ、やはり、談話室の寝椅子の方が…」

「いや。大丈夫だ。紬だって掛け布団がないと寒いだろう」

「ですが…」

「こういうのも楽しい」

にっこり笑う美音璃は、背景が粗末だけにその美しさが際だって見えた。紬は申し訳ない思いでいっぱいになりつつ、しばらく我慢して欲しいと頼む。

「武者小路様がきっとなんとかしてくださいますから」

「なんとかできるのかな」

「美音璃様…」

「どうにもならなかったらどうする？」

美音璃は純粋に問いかけているだけで、紬を困らせるつもりはないようだった。紬は一瞬答えに詰まったが、すぐに気を取り直して「私が」と胸に手を当てて申し出る。

「働いて、美音璃様をお支えしますので…っ」

「働くってどこで？」

「…芙久子様の…五百城家で雇っていただけないか、頼んでみます」

「そうか！」

その手があるなと、美音璃は手を叩いて大きく頷く。

本当にどうにもならなくなったら芙久子はなんとかしてくれようとするだろうけれど、気がかりがあるのだと美音璃は続けた。

「私の学費をおば様に頼んだ…とか言ってたが、芙久子はおば様と大変仲が悪いんだ」

「そうなのですか？」

「だから、おば様に頼み事をしたのも苦渋の選択だったはずだ。そんな苦労はさせたくない。だが、私も五百城家で雇ってもらえば……」

「えっ⁉」

美音璃も使用人になるつもりなのかと、驚いて聞く紬に、真面目な顔で頷く。

「大丈夫だ。おば様と芙久子は犬猿の仲でも、私はおば様に気に入られている」

「さすが、おば様キラーですね。…いえ、そういう問題ではなく、美音璃様が働くなど…」

「生きていくためには働かなくてはならないだろう。他に私ができそうなことは…そうだな。自分で言うのもなんだが、私は美しいから、その辺を生かせないだろうか？」

「……」

キラキラした目で聞いてくる美音璃を、紬はちょっと遠い気分で見返した。美音璃が働いているところなど、想像がつかず、力なく首を振る。

「とにかく、美音璃様にそのようなご心配をさせなくてもいいよう、私が考えますから…」

今日はもう休みましょう。そう促す紬に、美音璃は頷く。

「紬はそっちで寝るのだな？　一緒の部屋で眠るなんて、初めてだ」

美音璃のような生まれの者が、こんな環境に身を置かなくてはならなくなったら、悲嘆に暮れて泣いてばかりいそうなのに。強がっているのかもしれないけれど、楽しげに見える美音璃の様子は、紬に安心を与える。

二人で寝間着に着替え、電気を消して床に就く。

「…美音璃様。明日、葵さんに相談してマットレスを用意しますから、今夜だけは我慢なさってください」

「私は平気だ。そう気を遣わなくていい。それより、上を見ろ。この部屋は星が見えるぞ」

美音璃に指摘され、紬が天井を見上げると、天窓の向こうに星が煌《きら》めいていた。

「綺麗ですね」

背中は痛いし、薄ら寒いし、とても不安だけれど。

美音璃の声が近くから聞こえるだけで安心できるし、星を見られて嬉しかった。

お仕えしているのが美音璃様でよかった。そんなことを思っていると、美音璃の呟きが聞こえた。

「なんだか…懐かしい。前にもこんなふうに眠ったような気がする…」

「……」

宝珠院家令嬢である美音璃に同じような経験があるはずがなく、苦笑しかけた紬はあることに気づいてはっとした。

もしかして…。

「……」

美音璃様…と呼びかけようとしたところ、すうっという静かな寝息が聞こえてきた。眠ってしまったのがわかり、声を出さずにおく。おぼろげにしか覚えていないはずの過去が、うっすら蘇《よみがえ》ったのかもしれないと思い、紬はなんとも言えない不安から目を背けるように、そっと瞼《まぶた》を閉じた。

眠るところ以外はさほど変わらない…という美音璃の発言は、ほぼ当たっていた。屋根裏部屋での暮らしが始まっても、葵から貰う食材のおかげで食事の質が落ちたりしなかったし、寛ぐのもサロンだから寮長の部屋と大差なかった。

問題だった屋根裏部屋の硬いベッドも、葵のおかげで高級マットレスを運び入れることができたので、不自由はなくなった。

違うことといえば…。

「美音璃様。今は授業に出られないといえど、問題が片づいたら復学するのですから、ご自分でお勉強を進めておかれた方がいいのではないですか？」

「ん…大丈夫」

寝椅子に陣取り、昼寝ばかりしている美音璃を紬が注意しても、まったく聞き入れない。

美音璃にとって、今の暮らしは以前よりもある意味快適だった。

授業がないので早起きをしなくていいし、寮長としての仕事もない。日がな一日、昼寝に明け暮れ、芙久子が授業から戻ってくると一緒にゲームをして漫画を読んで、好きなことだけしていられる。

枕を抱き締めてだらしなく寝そべっている姿に目を眇めつつ、紬は午後からはサロンを使う予定があるので、屋根裏部屋へ移動してもらいますと続けた。

「…何かやるのか？」

「すっかりお忘れでしょうけれど、今週末は舞踏会ですから。寮長の皆様で、最終打ち合わせのお茶会をなさるそうです。三時からですので、一時にはシェフの皆様がいらして準備を始められます」

「そうか…」

「私はサロン付きの使用人として皆様のお世話をいたしますので…」

「私も手伝おう」

美音璃様は上に…と言いかけた紬は、思いがけない発言に目を丸くする。寮長が集まるお茶会だ。芙久子だけならともかく、沙也佳や波留乃、新しく雲水寮の寮長となった藍那も来るというのに。

「それは…ちょっと…お嫌ではありませんか?」

「何が?」

「……」

何がと言われてしまうと、紬は答えが返せなくなる。惨めではないか…と言いたかったのだが、そんな言葉を口にすること自体が惨めだ。

ぐっと押し黙る紬を指さし、美音璃は笑みを浮かべる。

「私もそれを着よう」

「それって…この服ですか?」

「ああ。この格好じゃ沙也佳あたりがうるさく言いそうだろう?」

部屋着として着ているスウェットを指さす美音璃に、紬は頷く。確かに、その格好では芙久子以外の全員が眉を顰めるだろうが。

自分と同じメイド用の制服でなくとも…学校の制服を…と紬は勧めたけれど、美音璃は納得しなかった。

小柄な紬と長身の美音璃は身長差が二十五センチもある。

美音璃は細いので紬の制服を着ても胴回り、腰回りなどに問題はなかったが、丈や裄《ゆき》が足りない。ミモレ丈のワンピースは膝上のミニスカートに。手首の隠れる袖は七分丈になってしまった。

「君が着るとまるでコスプレだな」

「そうか？」

お茶会の時刻にあわせ、最初にやってきた芙久子は、呆れた顔で美音璃の格好を見た。

美音璃は以前から着てみたかったのだとご機嫌で、芙久子と記念写真を撮る。

「写真に撮ってみるとなかなかいいな」

「だろう？」

「紬ちゃん。今度、私にも着させてくれ」

二人でお揃いの写真を撮りたいという芙久子のリクエストに、紬が苦笑を返していると、沙也佳と波留乃が揃って世話係の栞と操を伴って現れた。

「美音璃様…っ…？」

「どうしてここに？」

「やあ、元気かい？　サロンの手伝いをするように理事長から言われてるんだ」

驚く二人に対し、美音璃はメイドの制服を見せびらかすようにくるりと回ってみせた。

大変な状況にあるのに落ち込んでいる気配のない美音璃を見て、沙也佳も波留乃も、ほっとした様子で表情を緩める。

「お元気そうでよかったわ。心配してましたのよ」

「芙久子様のところにいらっしゃるんですよね？」

火影寮で世話になっているのかと確認する波留乃に、美音璃は「いや」と首を振って否定した。ここだ…と言って、上を指さす。

沙也佳と波留乃は意味がわからず、揃って首を傾げた。

「ここって…」

「木犀棟という意味ですか？」

ならば、指を下に向けそうなものだと思った波留乃が怪訝《けげん》そうに聞くと、美音璃は「ああ」と認めて頷く。

すると。

「えっ！」

一際高い声が響き、全員が声の主を見た。

注目を集めたのは沙也佳の世話係である栞だった。皆に見られた栞は、慌てて「すみません」と詫びる。

「びっくりしてしまって…その…ここに美音璃様がお暮らしになるような部屋があったのかと…」

「そうですわ。四階はサロンですし…一階はホールで…二階と三階もレセプションルームに改装されたと聞いておりますけれど？」

驚いて思わず声を上げてしまったと言う栞に、波留乃の世話係の操が同意する。寮として使われていた頃とは違い、人が住めるような部屋はないのではないかという操の指摘に、美音璃はもう一度、上を指さして「あるんだ」と返した。

「屋根裏に」

「かつて、木犀寮だった頃、こちらに勤めていた使用人が寝泊まりしていた部屋がございまして…」

美音璃の言葉に紬が説明をつけ加える。屋根裏部屋、使用人が寝泊まり…という内容に、沙也佳や波留乃たちは言葉を失い、哀れむような目で美音璃を見た。

なんてお気の毒な。声にはならずとも、その表情だけで伝わり、紬はいたたまれない気持ちになる。

しかし。

「こぢんまりとした部屋で、なかなか快適だよ。星も見えるんだ」

美音璃はいっこうに堪《こた》えた様子もなく、気に入っていると言い放つ。強がっているわけでもなさそうで、なんて返せばいいのかと互いの出方を窺《うかが》うような空気が流れた。

微妙な沈黙を破ったのは、新しく雲水寮の寮長になった藍那の登場だった。

「…すみません。遅れましたか？」

四階まで階段を上がってきた藍那は、サロンの入り口であるホールに全員が揃っているのを見て、慌てて駆けてきた。

勢揃いしていた一同が、藍那の声を聞いて振り返る。美音璃と紬、芙久子と葵、沙也佳と栞、波留乃と操。計八名からの視線を受けた藍那は足を止めて、はっとしたように息を呑んだ。

「……」

藍那の表情は強張《こわば》っており、緊張とは違う雰囲気が感じられた。不思議に思った美音璃が声をかけようとしたところ、逆に「宝珠院さん？」と訝《いぶか》しげに呼びかけられる。

藍那は不審げな目つきで、美音璃の全身をくまなく観察する。メイドの制服に驚いたのだと考え、美音璃はにっこり微笑み、「やあ」と言って手を挙げた。

「委員長。元気そうだね」

「どうして…宝珠院さんがここに？」

「サロンの手伝いをしてるんだよ。委員長は初めてのお茶会だよね。どうぞ、こちらへ」

優雅な動作で美音璃が案内しようとすると、芙久子が制する。

「君がそんな真似をしなくてもいい。席に着こうか」

芙久子は沙也佳と波留乃に声をかけ、先頭を切って大広間へ向かう。円卓にはそれぞれの家の家紋が入った茶器が用意されていたが、以前は美音璃が座っていた雲水寮の寮長席だけには何も用意されていなかった。

芙久子、沙也佳、波留乃がそれぞれの席に着き、その斜め後ろに世話係の葵と栞、操が立つ。全員の後を一人でついてきた藍那は、戸惑った表情で空いている席に近づいた。

藍那が椅子に座るために、自分で引こうとしたところ、紬が横から手を貸した。

「私がいたします。どうぞおかけください」

世話係のいる寮長たちは、自ら椅子を引くことはない。硬い表情で紬に礼を言い、腰掛けた藍那に、芙久子は冷たく見える表情で切り出した。

「最初に言っておくが、君はあくまでも寮長代理だ。舞踏会があるので寮長職を空席にしておくわけにはいかないのでね。宝珠院家の問題が片づいたらその席には美音璃が復帰する」

初《しょ》っ端《ぱな》から代理に過ぎないと宣言された藍那は、むっとした表情になる。

「問題が解決する目処《めど》はついてるのですか?」

「あら。代理だとわかっているから、世話係も伴わずに出席されたのではないのですか?」

言い返した藍那に対して、芙久子が反論するよりも早く指摘したのは沙也佳だった。

一人で現れ、椅子も自分で引こうとするなんて不調法だと、冷たい口調で非難された藍那は、悔しげに唇を噛んだ。

「寮長職を打診されたのが急だったので…今、実家で世話係を探している最中なんです。舞踏会までには間に合うという話ですから…」

「ってことは、ご実家で世話係はいなかったってこと？」

意外そうに聞いた波留乃に、藍那は一瞬口ごもって視線を揺らした後、使用人はいると答えた。

「使用人…、ですか」

「連絡したらすぐに駆けつけてくるような『世話係』はいないのでしょうね」

波留乃は呆れ顔で繰り返し、沙也佳は笑みを滲ませ、バカにするような発言をする。寮長とはいえ、年下の二人に見くだされた藍那は苦々しげな表情になり、剣呑《けんのん》な空気が円卓を包んだ。

それを打ち消したのは、芙久子の椅子の背に肘をかけ、斜め立ちしていた美音璃だった。

「なんか雰囲気悪くないか？ 取り敢えず、甘いものでも食べて落ち着きなよ。委員長は何がいい？ なんでもあるよ。そうだ。紬、ワゴンでケーキを運んであげて。選んだケーキで飲み物を決めよう」

美音璃の指示に頷き、紬は急いで調理室へ向かう。ワゴンを押して戻ってきた紬の説明を聞き、藍那はチョコレートをふんだんに使ったトリュフケーキを選んで、飲み物にはコーヒーを頼んだ。

その様子を見ながら、芙久子はそばにいる美音璃に小声で話しかける。

「君は人がよすぎる」

「そうかい？」

ふふ…と笑う美音璃に嘆息し、葵が用意した抹茶と和菓子で、芙久子は一息ついた。沙也佳は紅茶とシフォンケーキ、波留乃はカフェラテとマカロンを食べ、それぞれが小腹を満たしたところで、舞踏会に関する打ち合わせが始まった。

週末に迫った皐月祭では、十七時から舞踏会が始まる。木犀棟一階のホールに、出席する三年生の許婚たちが待機し、各自の寮で支度を整えた生徒たちが移動する。その先導役を担うのが、各寮長だ。

「私と沙也佳は去年も経験しているが、一年生になったばかりの波留乃と、委員長は初めてだから、資料にある動線のチェックを怠りなく頼みたい」

「了解です」

「わかりました」

「委員長には私が教えてあげるよ」

表情が硬いままの藍那を気遣い、美音璃は声をかけるが、反応はなかった。目線もあわせようとしないので、それ以上は何も言えなかった。

芙久子は肩を竦める美音璃を横目で見て、話を続ける。

「ホールに入ったらそれぞれの許婚と顔合わせをして、ダンスが始まる。ホール中央で踊る順番は各人に連絡を入れてあるが、移動前にも確認を頼む。ダンス後は各自の席で許婚と歓談できる。舞踏会の終了は十九時を予定しており、その後、二時間、二階と三階のレセプションルームを開放して、フリータイムとなる。すべて終了するのは二十一時。許婚が帰るのを見送る際、整列してお辞儀をするのだが、その際に音頭を取るのは寮長だ。動きが揃うように、当日、一度練習する予定だ」

その他、わからないことがあればいつでも質問するように伝えて、説明を終わった。

渡された資料を揃え、遠慮がちに沙也佳が口を開く。

「美音璃様は…やはり出席されないのですか？」

「そうだね」

「残念ですね。せっかくドレスもお作りになったのに」

楽しみにしていた…と哀しげに呟く沙也佳に、美音璃は機会があれば披露するからと軽い調子で告げる。窮地にある美音璃よりも、周囲の方が重く捉えていたし、部外者とみなされている藍那の存在もあって、お茶会らしからぬ沈黙が流れた。

そのため、早々にお茶会はお開きとなった。

大広間を出ていく芙久子たちを見送りに立った美音璃は、最後尾を歩く藍那に声をかけた。

「委員長。ちょっといいか？」

その声に気づいた芙久子たちが振り返ると、美音璃は大したことじゃないから行ってくれと促す。美音璃は一人残った藍那に、突然寮長職を任せることになった事態について詫びた。

「一番大変な三年生の時に迷惑をかけてすまない。さっきも言ったけど、わからないことがあればなんでも言ってくれ」

「…気にしないでください。宝珠院さんが悪いわけじゃないのですから」

「ありがとう。あと…世話係が決まったら、食器も用意してもらった方がいい。見てたらわかったと思うけど、寮長はそれぞれの家の家紋が入った食器を使うんだ。フルピース、調理室に置いてある」

「……。他の皆さんは代理だとおっしゃってましたけど？」

「ああ…うん、そうだね。なんか感じ悪かったよね。許してやってくれ。長いつき合いなものだから、私を贔屓《ひいき》してしまうんだろう。委員長を悪く思ってるわけじゃないんだよ」

芙久子たちの態度を「すまない」と頭を下げて謝り、美音璃は藍那を見る。藍那は微かに眉を顰め、首を小さく横に振った。

「宝珠院さんに謝られても…困ります」

「そうか。困ったな」

「私は宝珠院さんの立場を奪おうとか、そういうつもりはないので。おうちの問題が片づいたら、宝珠院さんが寮長に戻った方がいいと思っています。五百城さんたちにもそう伝えておいてください」

「わかった」

失礼しますと挨拶して去っていく藍那の背中を、美音璃は紬と一緒に見送る。その姿が階段の方へ消えると、そばで二人のやりとりを聞いていた紬が、雲水寮での藍那の評判を美音璃に伝えた。

「藍那様はきちんと寮長の仕事をこなされていて、皆様にも信頼されているようですよ。新一年生の面倒もまめに見ていらっしゃるそうです」

「きちんと、っていうところが耳が痛いな」

寮長職をなんとなくこなしていた美音璃としては反省すべきところも多く、苦笑して肩を竦める。藍那が真面目で責任感が強いのはよく知っている。本当はこのまま、藍那に寮長を任せておいた方がいいんじゃないかとも思っている。

そんな本音は紬の反論を浴びるとわかっていたので、心の中に隠し、奥へ戻ろうと声をかけた。

大広間へ戻ると、お茶会に参加したものの、芙久子の隣に立って話を聞いていただけの美音璃に、紬は休憩を勧めた。

「お疲れでしょう。ケーキもありますのでコーヒーをお入れいたします」

「そうだな…」

円卓ではなく、談話室の方で食べると言いかけた美音璃は、「あの」という声を耳にして振り返る。

紬も一緒に振り返って見た先には、栞が立っていた。栞は大広間への入り口近くで立ち止まり、二人に頭を下げる。

「栞さん？」

「どうなさいました？　忘れ物でも…」

先ほど帰っていったばかりの栞が再び姿を見せたのを不思議に思い、紬が声をかけながら近づく。栞は首を横に振って、忘れ物をしたわけではないと否定した。

「そうではなくて…お二人にお話があるのです」

改まった感じで申し出る栞を、美音璃はじっと見つめる。栞からの話というのは想像もつかなかったが、わざわざ戻ってくるくらいなのだから、大事な話に違いない。なんだい？と聞く美音璃に、栞は真面目な顔で「実は」と切り出した。

「おかしなことを…と思われるかもしれないのですが、木犀棟には…その…出るのではないかという噂があるのです…」

ものすごく重大な事実を伝えるように声を潜める栞の話を聞き、美音璃と紬は顔を見合わせる。何かと思ったら。どんな話なのかと身構えた緊張を緩め、紬は笑みを浮かべた。

「そのことですか！　葵さんから聞きましたので知っておりますよ」

「葵さんもご存じでしたか」

「火影寮で噂になってるようなのです」

栞が仕える沙也佳が寮長を務めている捲土寮は、火影寮の向こう…南東の位置にある。捲土寮から木犀棟は見えないはずだが、火影寮とは隣り合っているから噂が栞の耳にも入ったのだろう。

栞は「そうなのです」と同意し、沙也佳も心配しているのだと伝えた。

「美音璃様が幽霊が出るという噂があるようなところに…それも屋根裏部屋なんて…と沙也佳様も大変心配していらっしゃいます」

「ありがとう。でも、今のところ幽霊には遭遇してないし、屋根裏部屋もなかなか快適だよ」

大丈夫なのかと気遣う栞に、美音璃は安心を与えるように微笑んで、思うほどひどいところではないと伝える。栞は表情を曇らせたまま、本当なのかと疑うように聞いた。

「でも…屋根裏部屋なんて…。木犀棟にそのような部屋があることも初めて知りました。どこから上がるのでしょう?」

眉を顰めつつも興味を持っているらしい栞を、美音璃は見学していかないかと誘う。

「美音璃様。あのようなところに…」

「あのようなっていう言い方はどうかと思うぞ」

「はっ…そうでございますね」

実際、今の美音璃が寝起きしている部屋だ。紬は「申し訳ありません」と詫び、美音璃と一緒に栞を案内した。

大広間とそれに繋がる談話室を抜け、その奥にある部屋へ入る。部屋の隅にあるクローゼットのドアの前に立つと、栞は「えっ」と声を上げた。

「それはクローゼットではないのですか?」

「私もそう思っておりました。実は…このドアにからくりがありまして、普通に開けるとクローゼットなのですが、ここを…こう押してから開けますと、階段室に行けるのです」

最初は硬かったドアの隠しボタンも、日々、行き来を繰り返している間にスムースに押せるようになった。紬がドアを引くとクローゼットの裏側にある階段が見える。中を覗き込んだ栞は、口元を押さえて息を呑む。

「こんな仕掛けが…！」

「よろしければどうぞ」

紬の勧めに従い、栞は階段を上がり、屋根裏部屋を訪ねた。紬と美音璃が初めて訪れた時は蜘蛛の巣と埃だらけで大変みすぼらしかったが、今はそれなりに心地よく過ごせるように整えられている。

板だけだったベッドにはマットレスを運び入れ、床には絨毯《じゅうたん》を敷いた。古びた腰丈箪笥や机はぴかぴかに磨き、壁には絵をかけ、美音璃の好きな置物や花を飾っている。

雲水寮の部屋とは比べものにならないものの、ぱっと見には不自由はなさそうだ。

屋根裏部屋と聞いて、もっとひどい部屋を想像していたらしい栞は、室内を見回して、控えめな感想を漏らす。

「これは…これで…よさそうな気もいたしますが…」

「だろう？　天窓から星も見えるんだ」

一緒に上がってきた美音璃が自慢げに言うのに、紬は「こほん」と咳払いをする。それに栞ははっとして「ですが」と慌てて訂正した。

「美音璃様のお部屋としては…ちょっと…」

「ですよね」

栞の同意が得られて紬は嬉しそうだった。美音璃はおおらかな性格だからあまり気にしていないようだが、紬の心労を思い、栞は同情する。

「紬さんも色々大変だと思いますので、何かあったら遠慮なくおっしゃってくださいね。私でできることでしたら、なんでもいたしますので」

「ありがとうございます。葵さんにも親切にしていただいていて、皆様の優しさに感謝しております」

「けど…こんなところに部屋があったなんて…」

改めて屋根裏部屋を見回し、栞は真面目な顔で呟く。何か考え込んでいるようでもあって、美音璃は不思議に思って声をかけた。

「どうかしたか？」

「え…いえ、なんでもありません。…あ、もうこんな時間。沙也佳様のお夕食を用意しなくてはなりませんので、失礼いたします」

腕にはめた時計を見て、栞は取り繕ったような台詞《せりふ》を吐く。紬も同様に夕食の支度があると言い、三人で一緒に階段を下りて四階へ戻った。

重ねて助力を申し出る栞に礼を言い、帰っていく彼女を見送った。その背中が大広間の向こうへ消えると、美音璃は不思議そうに呟いた。

「ところで、彼女は何をしに来たんだ？」

「幽霊の噂を心配して来てくださったのではないですか」

何を言ってるのかと呆れ顔で紬は言い、夕食の支度をすると伝えて調理室へ向かう。美音璃は頷きながらも、胸の内に生まれた微妙な違和感を消せないでいた。

そして、迎えた週末。皐月祭が開かれる日曜日は朝から晴天に恵まれ、学院中が浮き足立った雰囲気に包まれていた。

のだが。

「…暗いな」

朝食のコーヒーとトーストを運んできた紬に、美音璃はそれまで我慢していた言葉を向ける。

紬の様子がおかしくなり始めたのは金曜の夜だ。

食材を分けてもらいに葵を訪ねたところ、舞踏会用のドレスを試着する芙久子を見かけたと報告した後からだった。

本当にお綺麗でした！　最初はハイテンションで話していたのに、徐々に落ち込んでいくのがありありとわかった。

なんとなく理由は読めていたから、美音璃はずっと黙っていたのだが、あまりにひどくて、つい声に出してしまった。

紬は哀しそうな目で美音璃を見て、「申し訳ありません」と詫びる。

「こんなにいいお天気で…さぞや舞踏会も盛り上がるのだろうなと…思いまして…」

「舞踏会は屋内で行われるし、十七時からだから天気は関係ないだろう。まあ、雨が降るよりはいいな」

「三年生の皆様は今頃から支度されると聞きますよ…」

「まだ朝だぞ？」

「髪を結い上げたりお化粧したり…時間がかかるのです」

「疲れそうだな」

「今日はご実家からお母様やお姉様を手伝いに呼べたりしますので、お話も盛り上がるのですよ」

「へえ。うちのお母様は来たところで邪魔にしかならなかっただろうな」

「奥様は…まあ…そうですね。お役には立たないかもしれませんが…場を盛り上げてはくださいます」

「そうか？」

面倒ごとが増えるだけだ。美音璃の母親、亜津子に関する指摘は当たっており、紬はそれ以上、何も言えなかった。

宝珠院家当主夫人である亜津子は、自身も名家の出身で、かなりおっとりしている。おしゃべり好きで、見知らぬ相手でも延々話し込んだりするので、そこからトラブルが生まれることが多々ある。

母親が来ないのは幸いだという美音璃の意見に、紬は反論できなくて、代わりに大きな溜め息を零す。

「はあ」

「……」

そんなに落ち込むな…と慰めたいのだけど、何を言っても効かないのはわかっている。

昨夜。眠りについた後、深夜に人が動く気配がして、美音璃は目を覚ました。

寝返りを打つ振りをしてそっと薄目を開けてみると、床に座った紬がトランクケースから引っ張り出したドレスを膝に乗せて、溜め息をついていた。

早雲女子学院に入学してから、舞踏会に美音璃を出席させることは、紬にとっての大きな目標だった。

美音璃様はどんなドレスをお召しなってもお綺麗だと思いますが、だからこそ、特別な一張羅であれば、さらにお美しく見えますから！

そんなことを言って、早いうちからドレスのデザインを決めたり、仮縫いをさせたりしようとする紬に、美音璃はあれやこれや言い訳をつけて協力しなかった。

単に面倒くさかったからなのだが、深夜に溜め息をつく紬を見て、深く反省した。

ドレスを着た美音璃が舞踏会で踊る姿を見たいと、紬はずっと願っていたのだろう。それがかなわなくなり…一度は仕方ないと諦めたものの、芙久子のドレス姿を目の当たりにして、哀しみが湧き出したに違いない。

ならば、紬を喜ばせるために、今から着てみるか？

いや、違う。紬はドレスを着て許婚と舞踏会で踊る姿が見たいのだ。

「…そういえば、私の許婚とやらはどうなったんだろうな？」

唐突に尋ねた美音璃に、紬は落ち込んだ表情のまま、お伝えしましたよと呟く。

「武者小路様から、今回の一件で相手からお断りの連絡が入ったという知らせがあったと」

「そうだったか？　破談というやつか」

「破談…というのでしょうか。どこのどなたかも存じ上げなかったわけですから」

ご縁がなかったのでしょうね。またしても溜め息をつく紬を慰める方法など到底思いつかず、美音璃は取り敢えず、話題を変えた。

「今夜のメニューは決まってるのか？」

「…珍しいですね。美音璃様が献立を気になさるのは」

「決まってないならハンバーグがいいな。紬のハンバーグが食べたい」

常日頃、美音璃の小食を気にしている紬は、食事のリクエストを喜ぶ。子供じみているかと思ったが、紬の顔つきは少し変わった。

「わかりました。では、今夜はハンバーグをお作りしますね。あ…でも、今日はいつもの時間にお召し上がりいただけないのです。私は舞踏会のお手伝いに参りますので…ちょっと遅くなりますが、よろしいですか？」

「もちろん。私も一緒に手伝いに行こうか？」

「ご冗談を」

舞踏会に美音璃が現れたら、出席する三年生たちに動揺を与えかねない。そのため、美音璃は屋根裏部屋に留まるよう、理事長からも指示を受けていた。

「美音璃様はここか上のお部屋にいらしてください。四階のサロンは寮長かその関係者以外は立ち入り禁止になっておりますので、舞踏会後の歓談に使われるのは芙久子様くらいでしょうから、かまわないとは思いますが、芙久子様のお邪魔はしないでくださいね」

「そうか。芙久子の許婚を見られるかもしれないんだな」

興味深げな笑みを浮かべ、美音璃はサロンから下には行かないと約束する。もしも、芙久子がサロンを歓談に使う場合、食事の時刻が二十一時以降になることを了承して欲しいと、紬はつけ加えた。

「九時には許婚の皆様をお見送りすることになっておりますので」

「わかった。私のことは気にしなくていいぞ」

適当にやってると言い、美音璃は紬にコーヒーのおかわりを頼んだ。

皐月祭が始まると、木犀棟にも賑《にぎ》やかな雰囲気が漂い始めた。葵から手伝いが欲しいという連絡を受けた紬は、昼過ぎに出かけていった。

紬は出かける前に、もしも誰かが迷い込んできたりしたら説明に困るだろうから、四階にいるならばメイドの制服に着替えておくよう、美音璃に言い残した。紬が出かけていくと、美音璃は屋根裏部屋に上がってメイドの制服に着替えた。

お茶会の後、紬は美音璃のサイズに合わせて制服を仕立て直した。以前とは違い、袖丈も身丈もちょうどいい制服を着た美音璃は、髪は結わずに、ホワイトブリムだけを適当につける。

着替えを終えると四階へ下り、いつものように談話室の寝椅子に寝そべった。開け放った窓から聞こえる音楽や人の声、大勢の気配がなんとなく心地よい。普段とは違う特別な雰囲気を感じつつ、ゲームをしていた美音璃はいつの間にか眠ってしまった。

そして、長い夢を見た。

夢の中で、暗い場所にうずくまり、空腹な自分にお腹《なか》は空《す》いていないと信じ込ませようとしていた。

お腹なんか空いてない。平気。大丈夫。気のせい。私は動いちゃいけない。

ここで待っててって言われたから。

誰に？

「……」

ふいに夢が途切れ、目を覚ます。瞼をゆっくり開けると、室内は薄暗くなっていた。

そこに。

「大丈夫ですか？」

浮かび上がる顔は初めて見るもので、しかも、男性だった。

美音璃は夢の続きかと思い、「待ってたぞ」と返す。

「え？」

「待っててって言っただろう？」

「……」

男性の顔に怪訝そうな表情が浮かぶ。その反応が気になり、美音璃は起き上がると、相手を責めるように繰り返した。

「待っててって言ったじゃないか」

「…たぶん…人違いですね。私はあなたと会ったのは初めてです」

「……」

男性が困惑を深めて説明するのを聞き、美音璃はようやく勘違いしているのに気づいた。

あれは…夢だ。

ならば、この男は？

「…誰だ？」

改めて尋ねた美音璃の物言いに、男性は驚いたようだった。美音璃が着ているのはメイドの制服で、なのに、横柄に感じられる物言いが意外だったらしい。

「寝ぼけて…おられる？」

「いや。もう目は覚めた」

「メイド…ですよね？」

「メイド？」

なんのことだ…と言いかけた美音璃は、そこでようやく、メイド用の制服を着ているのを思い出した。

同時に、熟睡していたせいで色々と忘れていた状況が頭に蘇ってくる。

そもそも、どうしてここに男性がいるのか。

それは今日が皐月祭だからだ。年に一度、学院内へ不特定多数の男性が入ってくる日。恐らく、目の前の男も…。

「失礼。迷子なのだな。ここは寮長とその関係者以外は立ち入り禁止だ。すぐに引き返されるがいい」

「……」

美音璃はメイドだと認めはしなかったが、否定もしなかった。なのに、口調が変わらないのを怪訝に思った男性は、腕組みをして美音璃を見下ろす。

しばらくそのまま考えた後。

「私は関係者…だと思います」

「どういう意味だ？」

「五百城芙久子様をご存じですか？」

ふいに男性の口から芙久子の名が出てきたのに驚きつつも、美音璃は顔には出さずに無言で頷く。

「私は芙久子様の許婚である桐野江千夜《せんや》の付添人です」

「……」

なんと。男性が迷子ではないと知り、美音璃はどうしたものかと迷った。紬からは万が一外部の人間に会ったとしても正体を明かさないよう、厳重に注意されている。芙久子の許婚の付添人とやらは外部の人間に入るだろうか？

少し迷ったが、考えるのが面倒くさくなった。話が込み入ってくる前に逃げるのが一番だ。そう決めて、美音璃は寝椅子から立ち上がろうとした…のだが。

「…！」

その動きを制するように、付添人だという男性が、美音璃の隣に腰を下ろした。目線を合わせ、にっこりと笑みを浮かべた男性は、誰に仕えているのかと美音璃に聞いた。

「ここにいるということは…五百城家ですか？」

サロンは寮長かその関係者以外は立ち入り禁止だと言ったのは美音璃の方だ。これは認めなくてはならないと考え、頷く。

「では、芙久子様の世話係？」

「…いや」

世話係が葵であるのは周知の事実であるから、認めてはいけない。

「…雑用係だ」

取り立てて重要な仕事を任されているわけではないと言葉を濁しつつ、壁にかけられている時計を見る。時刻は十七時を過ぎており、舞踏会が始まっているのだとわかった。

「そうか。舞踏会が始まって、その後にここで歓談する予定があるから、様子を見に来たのだな？」

付添人というのがどういうものなのか、美音璃にはわからなかったが、世話係のようなもので、主人が歓談する場所を下見に来たのだろうと思いついた。

確認された男性は一瞬間を置き、「ええ」と返事した。

「そんなところです。君も芙久子様を待ってるんですね？」

「……」

待ってると言ってしまえば、ここにいなくてはならなくなる。それも面倒で、美音璃は首を横に振った。

「私は不備がないかチェックしに来たのだ。もう終わったから…」

「ならばどうして寝てたんですか？」

「……」

痛いところを突かれ、美音璃は少しむっとして相手を見る。その顔には笑みが浮かんでいて、不思議に思った。

宝珠院家という名家の令嬢で、美しく、何事にも優れた美音璃は、からかわれるという経験が少なかった。だから、そうだとわからずに、律儀に返事をする。

「ちょっと疲れたからだ」

「メイドが寝椅子で熟睡するほど、過酷な労働をさせるのですか？　芙久子様は」

「まさか！　芙久子は…いや、芙久子様はそのようなことはしない」

「私は結構長い間、あなたの寝顔を見てたのですが、気づきませんでしたよね？」

「それは…」

「夢を見ていたのでしょう？　待ってたぞと言われましたが」

「勘違いしたのだ」

「どんな夢を見てたのですか？」

夢の内容を聞かれた美音璃は、何も言えなくなった。いつも同じ夢を見る。けれど、起きてしまうとその内容をほとんど覚えていない。

美音璃が眉を顰めて考え込むと、男性は隣からその顔を覗き込んだ。

「君は…メイドにしておくのがもったいないほど、綺麗な顔をしていますね」

感心したように言う男性の顔は息づかいが感じられるほど近い距離にあった。美音璃は薄い桜色の唇で弧を描き、笑みを浮かべてみせる。

「よく言われる」

「……」

自信たっぷり言い放つ美音璃を、男性は真剣な表情になって見つめた。怒っているようにさえ見えるその顔に、美音璃は訝しげに尋ねる。

「どうかしたか？」

美音璃としてはおかしなことを言った覚えはない。急に顔つきが厳しくなったのはなぜなのか。

不思議に思って問いかける美音璃に、男性は真面目な顔のまま、名前を尋ねた。

「君の名を聞かせてください」

宝珠院家の令嬢だと知られるなと紬からしつこく言われている。本名を口にするわけにはいかない。美音璃は仕方なく、紬の名を借りることにした。

「紬だ」

「紬…さん」

「自分は名乗らないのか？」

人に名を聞いたら自分も名乗るものではないかと美音璃に指摘された男性は、はっとし、

「申し訳ありません」と詫びた。

そして、寝椅子から下りると床に片膝を突く。

「みな…いえ、汐路《しおじ》、と申します」

胸に手を当て、深く頭を垂れて男性は「汐路」と名乗った。美音璃は「汐路」と繰り返し、微笑む。

「いい名だ」

「……」

美音璃は礼儀として名前を褒めたつもりだったが、彼女をメイドだと思っている汐路には想定外の発言だった。目を丸くして美音璃を見つめた後、苦笑する。

「本当に…面白い人だ」

感心したように呟き、汐路は立ち上がって舞踏会を見学に行かないかと美音璃を誘った。

「いや、私は…」

美音璃が姿を現せば騒ぎになるので、四階から下りないように言われている。誘いを受けるわけにはいかず、断ろうとしたところ、汐路は違う意味で…「メイドである美音璃」の立場を気遣ってくれた。

「大丈夫です。誰にも見られず、見物できる場所があるのです」

「…本当か？」

そんな場所があるとは、聞いたことがない。不審げに確認する美音璃に、汐路は手を差し出す。

「特定の人間しか知らない観覧室にご案内しますよ」

「観覧室…？」

そんなものがあるのかどうかはわからなかったが、芙久子の晴れ姿だけでも見たいと思っていた美音璃は、汐路の誘いに乗ってみようと決めた。都合が悪いようなら戻ってくればいい。

汐路の手を借りて立ち上がる。汐路は自分よりも背が高く、美音璃は嬉しそうに目を輝かせた。

「汐路は背が高いんだな」

呼び捨てにされたのにぎょっとしつつ、汐路は「ええ」と頷く。

「皆、私より小さいからこうして見上げることは少ないんだ。面白い」

屈託なく話す美音璃に、汐路は笑みを返す。何を言われても失礼には感じない美音璃の不思議さについて考えながら、「行きましょう」と促した。


木犀棟の一階が舞踏会用のホールへ改築された際、音楽にあわせて大勢が踊る場所なので天井は高い方がいいと、二階の床を一部抜いて、吹き抜けが設けられた。

その吹き抜けを囲むようにして二階にはいくつかのレセプションルームが作られ、それぞれの部屋にはホールに面したバルコニーが設《しつら》えられている。そこからホールの様子を眺めることができる。

特別な観覧席となっているそのバルコニーのことを、汐路は「観覧室」だと言っているのかと思っていたのだが。

二階に下りた汐路は廊下を歩き、二つのレセプションルームの間で立ち止まった。二室を繋ぐ壁の中央あたりにある付け柱を確認するようにじっと見てから、それを押す。

すると。

「紬さんこそ」

「…え…っ」

汐路の行動を後ろから観察していた美音璃は思わず声を上げる。付け柱だと思っていたものがドアノブの働きをして、壁の一部がドアのように動く。その裏には隠し部屋があり、汐路は「どうぞ」と美音璃に中へ入るよう勧めた。

その内部は意外に広く、他のレセプションルームと同じくらいの面積があった。バルコニーはなく、ホールを覗ける窓がある。

窓に近づいた美音璃が下を見ると、ホールを一望できた。隠し部屋は二階のちょうど真ん中あたりに位置しているので、絶好の観覧スポットだ。

「すごいな。全体がよく見える」

「下からは見えないようになっているので、気をつけなくても大丈夫です」

ホール側からは飾り鏡に見える造りになっているのだと聞き、美音璃はまじまじと汐路を見た。

「汐路はどうしてこんな部屋があるのを知ってるんだ？」

「それは…ええと、…桐野江様に聞いたんです。舞踏会を見学している来年の出席者を確認できるＶＩＰ用の部屋があると…」

「そうなのか？」

「早雲女子学院はガードが堅いですから。情報がまったく出てこないので、許婚がどんな女性なのか、知りたがる男性も多いらしいんです」

「そうか」

なるほど…と頷き、美音璃は芙久子が許婚について調べていると話していたのを思い出す。「外」にいる男性についてはネットで情報が拾えても…とはいえ、芙久子は特殊なケースで、他に調べられる生徒はいないだろう…、堅牢《けんろう》な要塞のごとき早雲女子学院内にいる生徒について、その情報が漏れることはない。

名前しかわからないという状況を歯がゆく思い、富と権力を兼ね備えた何者かが学校側に働きかけをした結果、こういう部屋が作られたようだと、汐路は説明する。

「舞踏会で初めて会うというのは良《よ》し悪《あ》しでしょうからね。サプライズ的な喜びばかりじゃないということです」

「ふうん…」

「ああ、あそこにいるのは芙久子様ではありませんか？」

窓を覗き込み、汐路が指さす方向を見た美音璃は、「本当だ！」と喜んで窓ガラスに手をついた。両手で顔を挟むようにして、芙久子の晴れ姿をじっと見つめる。

ホール中央はダンスを踊る舞台として開けられ、その周囲を一対ずつの椅子が囲むように置かれている。出席者たちはそれぞれの許婚と共に座っており、芙久子がいる寮長席は他の生徒の席よりも豪華で、スペースもゆったりととられていた。

「素敵なドレスだ。翡翠色《ひすいいろ》がよく似合っている」

「お綺麗な方ですよね」

「委員長のドレスは青色だったんだな。綺麗なマリンブルーだ」

火影寮の寮長である芙久子の隣には、美音璃の代わりに雲水寮の寮長を務めている藍那が少し硬い顔つきで座っていた。

二人の両脇には舞踏会には出席しないが、寮長として、捲土寮の沙也佳、金環寮の波留乃が一人で座っている。沙也佳たちはドレスではなく、制服を着ていた。

雲水寮の寮長席には、本来であれば美音璃が座るはずだった。紬が近くにいなくてよかったと、美音璃は内心ほっとする。「あの席には美音璃様が…」とか言い出して、さめざめと泣いたに違いない。

「委員長というと…芙久子様のクラスの?」

美音璃が口にした言葉が気にかかったらしく、汐路が尋ねてくる。寮長云々《うんぬん》の話をするとややこしくなりそうだったので、美音璃は「ああ」と答えるに留めた。

話題を変えるためにも、芙久子の隣に座っている男を指さして、汐路に尋ねる。

「あれが桐野江か?」

黒いスタンダードなタキシードを着た眼鏡の男。座っているから身長はわからないが、座高からすると、さほど大きくないようだ。一点を見つめ、拳を握った両手を脚の上に置いている。

「ええ」

「なんか、表情が硬いな」

「緊張してるのでしょう。…もうすぐダンスの時間ですが…大丈夫かな」

汐路が腕時計を見て呟くと、管弦楽団が奏でていた音楽の調子が変わり、次のダンスの始まりを伝えた。

芙久子が立ち上がると、桐野江は慌てたように従う。

「大丈夫か？」

桐野江を指さして尋ねる美音璃に、汐路は困った顔で肩を竦めた。

「猛練習していたので、ダンスはうまく踊れるはずなんですが…」

「よろめいたぞ」

芙久子の隣に並び立った桐野江の足下がふらつき、転びそうになる。芙久子はすかさず手を差し出し、桐野江が縋るようにそれを掴《つか》む。

「ナイスだ。芙久子！…様！」

「立場が逆になってますね…」

美音璃と並んで様子を見ていた汐路は、表情を曇らせて溜め息をつく。情けない…と言い出しそうな汐路に、美音璃は「心配しなくていい」と伝えた。

「芙久子…様がついてる。安心して見てろ」

男性としてリードしなくてはならないのに全然できていないという不満を、美音璃はまったく抱いていないようだった。汐路はそれを意外に思いつつ、美音璃と共に芙久子と桐野江のダンスを見守る。

最初のホールドも、踊り出しも、芙久子がリードしているのがよくわかった。ただ、踊り出してしまえば桐野江の緊張も落ち着いたようで、次第に滑らかな動きで踊れるようになっていった。

くるくると回る芙久子の様子を、美音璃はうっとりと眺める。

「綺麗だな」

「紬さんもドレスを着てあの場に立ったら誰にも引けを取らないと思いますよ」

ダンスは？　と汐路に聞かれ、美音璃は「踊れる」と答えた。

「芙久子様の練習につき合われたとか？」

「まあそんなところだ」

では…と言って、汐路は美音璃に一緒に踊ってくれないかと申し込んだ。

「私も踊りたくなりました」

「ここで？」

「広さは十分です」

窓からホールを眺めるために作られた部屋なので、椅子やベンチは窓の方に寄せて置かれている。二人なら踊れるという汐路に、美音璃は少し迷ったが、ダンスは嫌いではないのでつき合うと決めた。

窓から離れ、部屋の中央に立つ。汐路と向かい合い、恭しいお辞儀をして互いの手を取りあう。窓から微かに漏れ聞こえる音楽にあわせたダンスはことのほか楽しくて、美音璃は汐路のリードに身を任せ、くるくると回り続けた。

葵からの頼みで火影寮へ手伝いに向かった紬は、そのまま舞踏会に出席する三年生のサポートなども務め、皐月祭が終わるまで忙しく働いた。

煌びやかなドレスで着飾り、初めて会う許婚に胸を高鳴らせ、楽しそうに踊る三年生の姿を見ながら、紬は何度も涙しそうになった。

本当なら…美音璃様もここにいたはずなのに。誰よりも美しく、輝いていたはずなのに。

悔しさと寂しさを胸にしまい、懸命に働いた紬が、疲れた身体で四階へ戻ったのは、二十一時になろうとしていた頃だった。

「美音璃様?」

いつものように談話室の寝椅子にいるのかと思い、呼びかけながらドアを開けたが、美音璃の姿はなかった。「美音璃様」ともう一度呼んでも返事はない。

十七時に始まった舞踏会が十九時に終わった後は、二十一時まで許婚と歓談できることになっていた。一階のホールでそのまま話し込む者もいれば、二階か三階のレセプションルームへ移動する者もいる。

芙久子は寮長だから、四階のサロンを使用できたのだが、火影寮の自室へ許婚の桐野江を招いた。

芙久子の許婚を見られるかもしれないという美音璃の期待は外れたわけで、残念がっているのではないかと思っていたのだが。

「上にいらっしゃるのかしら…」

待ちくたびれて、屋根裏部屋で寝ているのかもしれないと考え、紬は美音璃を呼びに向かったが、そこにも姿はなかった。

皐月祭の日は校外から多くの来客があるので、美音璃には四階から下りないように注意してあった。サロンにも屋根裏部屋にもいないとなると、美音璃はどこへ行ってしまったのだろう。

紬は不安になり、急いで屋根裏部屋から下り、美音璃を捜しに出かけようとした。

だが。

「どうした?　怖い顔して」

「美音璃様!」

四階からの階段を下りようとしたところで、下から上がってきた美音璃に出会した。紬が指示した通り、メイドの制服を着ている。

「どちらにいらしたんですか？　下へ行かないようにお願いしたではないですか」

「ああ…うん、そうだったな。すまない」

気まずそうな表情を浮かべ、美音璃は謝ったが、どこにいたのかは言わなかった。その代わりに。

「心配しなくてもいい。誰にも見られてないから大丈夫だ。それより、お腹が空いた」

「…！　そうでした。ただいま用意いたしますから、少しお待ちくださいませ」

美音璃が珍しく空腹を訴えるのに紬は慌て、急いで調理室へ向かう。朝食の時にリクエストされたハンバーグは、いつでも食べられるように準備をしておいた。

マッシュポテトににんじんのグラッセをつけ合わせにしたクラシックなスタイルのハンバーグに、パンと、コーンスープというシンプルな夕食を円卓に用意する。寝椅子に寝そべっていた美音璃を呼ぶと、すぐにやってきてナイフとフォークを手にした。

「美味しそうだ」

「それで。どちらにいらしたんですか？」

同じ質問を繰り返す紬を、美音璃は上目遣いに見て、「ちょっと」とまた言葉を濁した。答えを求めてじっと見る紬の視線を避け、ナイフで切ったハンバーグを口へ運ぶ。コーンスープを飲み、パンを食べ、さらにハンバーグを食べる。

小食の美音璃にはあり得ないスピードで、紬は驚いてそんなに空腹だったのかと聞いた。

「お昼はいつもと同じくらいは召し上がっていたと思うのですけど」

「動いたからかな」

「……。どこに行ってらしたんですか？」

「……」

紬が三度尋ねても、美音璃は答えない。二切れ用意されていたパンを食べてしまうと、紬におかわりを求めた。

美音璃がパンをおかわりするなど、滅多にないことだ。紬は訝しく思いつつも、美音璃のおかわりという珍事に対する喜びの方が大きく、「ただいまお持ちします！」と言って調理室へ走る。

猛スピードで戻ってきた紬は、パンを山のように盛ったかごを抱えていた。美音璃は微かに眉を顰め、「一切れでいいよ」と断る。

「ここに置いておきますので、好きなだけ召し上がってください」

「それで、無事に終わったのか？」

美音璃から舞踏会について尋ねられた紬は頷き、芙久子はとても美しかったと答える。

「翡翠色のドレスがとてもお似合いで…お相手の桐野江様も大変素晴らしい殿方で、おしあわせそうでございました」

「ほう」

「芙久子様は桐野江様を火影寮のお部屋に招かれたので、ご覧になれなかった美音璃様は残念ですが…」

「ふうん」

「……。ふうん…ってなんですか？」

「いや。なんでもない。私も見たかったな。芙久子の晴れ姿」

おかしな受け答えのような気がして、首を傾げる紬に、美音璃は取り繕ったように「見たかった」と口にした。その顔には笑みが浮かんでおり、紬は怪しく思って目を細める。

この顔は…。美音璃が嘘《うそ》をつく時によく見せる表情に違いなく、もしかすると…という疑いを抱いた。

下から上がってきた美音璃は、どこからか芙久子の様子を見ていたのではないか。芙久子のドレス姿も、許婚の桐野江も見ていて、だからごまかそうとしているのではないか。そんな推測を立てた紬は、内心で溜め息を零す。騒ぎにはならなかったようだし、よかったと思おう。

ただ…。

「…美音璃様も一緒に出席できればよかったのですが…」

やっぱりどうしても心残りで、紬は俯いて呟く。そのまま泣き出しそうな雰囲気を感じ、美音璃はハンバーグがうまいと大袈裟に褒めた。

「紬のハンバーグはいつもうまいな。さすがだ。本当に美味しいぞ」

「……」

「そんなに落ち込むな。私は結構楽しかったぞ」

「…？」

何が楽しかったのだろうと気になったが、美音璃ならば覗き見したのが楽しかったと言い出しかねなくて、紬は確認するのをやめた。


そして、翌日。早雲女子学院は皐月祭の余韻に浸る間もない、大事件に見舞われた。


夕食を食べすぎたせいで、朝食はいらないと言う美音璃に、紬が「トーストだけでも」と勧めていると電話が鳴った。木犀棟で受ける電話の相手は大抵葵であるので、紬は美音璃にトーストを載せた皿を押しつけ、コンソールの上にある電話を取りに向かう。

「はい。木犀棟でございます」

『紬ちゃん？　大変なことが起こった』

電話の相手は芙久子で、宝珠院家の危機を伝えられた時の思い出が蘇った。もしや…今度こそ、決定的な事件が起き、ここからも出ていかなければならなくなるのではないか。

背筋が冷たく凍るように感じ、ぞっとする。尋ね返すのも忘れ、息もできないでいる紬の異変に気づき、立ち上がった美音璃が近づく。

「どうした？」

「あ…あの……」

『美音璃か？』

紬が手に持ったままでいた受話器から芙久子の声が聞こえ、美音璃はそれを受け取った。

「どうした？」と尋ねた美音璃に、芙久子は物騒なニュースを伝える。

『死体だ』

「したい？」

『木犀棟のホールで死体が見つかったらしい』

ホールでしたい。死体という言葉に縁がなさすぎて、美音璃は怪訝そうな表情を浮かべて、芙久子に確認する。

「したいって……どういう字で書く？」

『死ぬに体だ。死体だよ、死体。死んでる人間が見つかったんだ。しかも、他殺らしい。

ちなみに他殺は他人が殺して他殺だ。殺人事件が起きたんだ！』

「そうか…」

心なしか芙久子の声が生き生きしているような気がして、美音璃は困った気分になる。

芙久子はミステリーとかサスペンスが大好きで、部屋にもその手の本がいつも山積みされている。

だから、高揚しているのかもしれないが、不謹慎だし、その手の話に興味のない美音璃にはどうでもいい話題だった。

しかし、校内で…しかも、今現在、美音璃が暮らしている木犀棟でというのでは、興味がないでは済まされない。

「誰が誰を殺したんだ？」

『問題はそこだ。今の状況を伝えると、三十分ほど前に学校側から今日は授業中止、寮の自室で待機という指示が出たんだ。理由は知らされなかったが、捲土寮の方から、警察の車両が多数来ているという情報が入ってきた。捲土寮は正門に近いし、校外に駐車されている車も見える。それで色々探ってみたら、捜査員らしき男たちが次々木犀棟へ入っていくのを見たという目撃情報があった。さらに…木犀棟からストレッチャーに乗せられた人間が運び出されたというんだ。遺体袋に入っていたらしいから死んでる』

「遺体袋なんてものがあるのか？」

『ドラマとかでよく見るだろう』

「見ない」

芙久子の見るドラマは冒頭から人が死にまくるようなものばかりだから見慣れているのだろうが、美音璃は違う。あっさり否定した後、「それで」と続ける。

「誰が殺されたのかはわかってないのか?」

『ああ。だから、君の出番だ』

そのために電話したのだと言いたげに、芙久子は「出番」という言葉を強めに言った。

美音璃は芙久子が何を言い出すのか予想ができて、受話器を紬に戻したくなった。けれど、死体という言葉を聞いただけで、青ざめている怖がりの紬に押しつけられる内容ではない。

『ちょっと下まで行って話を聞いてきてくれ』

「やだ」

『いいじゃないか。本当は私が行きたいんだが、各渡り廊下に職員が見張りで立ってるんだ』

木犀棟に行きたくても行けない…と芙久子は言い、様子を窺うだけでもいいからと粘る。それに対し、美音璃が厭だと繰り返そうとした時だ。

「美音璃様!」

紬に呼ばれて振り返ると、見知らぬ男が二人立っていた。教師や事務職員とはまったく違う印象のある男たちは…。

「警察です。ちょっとお話を聞かせてもらえませんか」

「……」

やっぱり…とうんざりし、電話の向こうの芙久子と入れ替わりたくなった。

男の声は美音璃が手にしていた受話器から芙久子にも伝わっていた。「警察が来たのか⁉」と嬉々《きき》とした声音で聞いてくる芙久子が面倒に思え、美音璃は何も言わずに受話器を戻した。

警察の相手と芙久子の相手をいっぺんにはできやしない。近づいてくる男たちを腕組みをして観察していると、緊張した面持ちの紬が美音璃の前に立ちはだかった。

「お話なら私が伺います！　美音璃様に近づかないでください！」

厳しい口調で近づくなと言われた男たちはぴたりとそこで立ち止まった。美音璃たちから三メートルほど離れたところで身分証を提示する。

「長野県警の遠坂《とおさか》です」

「同じく栗藤《くりとう》です」

二人の身分証には刑事課の刑事であることが記載されていた。遠坂は三十半ばほどの、背は低いけれど、がっしりした体格の男で、栗藤はそれと対照的に細身で高身長、年齢は二十代後半に見えた。

「どういったご用件ですか？」

「お二人はここにお住まいで？」

「ここでは…」

紬の質問に答えず、遠坂が問い返す。愚直にもそれに答えようとする紬の肩に、美音璃は背後からそっと手を置いた。

「私が相手しよう」

「美音璃様…」

紬には荷が重いと考えて下がらせ、美音璃は遠坂に失礼だと指摘する。

「いきなりやってきて状況説明もせずに質問から始めるのか」

寝起きの美音璃はスウェット姿で、裸足《はだし》にスリッパというラフな格好だったが、輝くような美しさと生まれ持った気品から滲む威厳が溢れ出ていた。

遠坂は面倒くさそうな表情を浮かべ、美音璃をはかるような目つきで見る。

「…下で騒ぎになってるのに気づいてませんでしたか？」

「下というと？」

「……。一階です」

「まだ起きたばかりで、これから朝食をとろうとしていたところだ。『下』には下りていないからわからない」

わざと曖昧な物言いをして情報を取ろうとする遠坂に、美音璃は厭みっぽく強調して返す。言葉の駆け引きは上流階級に生まれ育った美音璃が得意とするところだ。

「そこに置いてあるコーヒーを見たらわかるだろう。まだ温かいはずだ」

「わかりました。そう警戒しないでください」

「警戒させているのはそっちだろう」

「こっちとしては…お嬢様方にはショッキングな内容なので遠慮があるんですよ」

「気遣いは無用だ」

きっぱり言い切る美音璃に、遠坂は「わかりました」と繰り返した。そして。

「一階のホールで遺体が発見されたんです。身元確認はまだできてませんが、こちらの生徒さんです」

端的に状況を伝える遠坂に、どうして生徒だとわかるのかと、美音璃が聞き返そうとした時だ。

「なぜ、そう判断できる?」

溌剌《はつらつ》とした芙久子の声が大広間に響いた。美音璃と紬は驚き、同時に声を上げる。

「芙久子!?」

「芙久子様!?」

電話では渡り廊下に見張りの職員がいるから、木犀棟に行けないと言っていたのに。どうやって来たのか。目を丸くする二人のもとへ駆け寄り、芙久子は「刑事か?」と美音璃に聞いた。

「ああ。見張りがいるから行けないとか言ってたじゃないか」

「葵に誘導してもらって、隙を見て抜け出してきた。さあ、どうして生徒だと考えているのか聞かせてもらおうか!」

うきうきと尋ねる芙久子を見て、遠坂と栗藤は顔を見合わせた。美音璃だけでも面倒そうだったのに、さらに厄介なのが現れたぞ…と視線で会話しているのだと伝わってくる。

美音璃としては芙久子の登場は驚きだったが、ありがたくもあった。芙久子は上手に刑事の相手をするだろうし、何より、後から芙久子に説明するという手間が省ける。

美音璃は芙久子に任せると決め、その後ろに紬と並んで立った。

芙久子から説明を求められた遠坂の方は、頭を抱えていた。額を押さえてしばし考えた後、「とにかく」と切り出す。

「こちらも今、わかっていることを説明しますから、そちらも誰なのか、教えてくれませんか。早雲女子学院の生徒さんなんでしょうが…」

「紬は違うよ」

「私は美音璃様の世話係です」

生徒ではありません。否定する紬に「そうですか」と相槌《あいづち》を打ち、遠坂は情報を整理した。

「では、美音璃さんと芙久子さんは生徒で、紬さんは美音璃さんの世話係ということでいいですね？」

まだ名乗っていないが、会話の内容から名前を把握したらしい遠坂に、芙久子はにやりと笑って頷いた。

「ああ。君は…」

「遠坂と栗藤。長野県警の刑事だ」

「ほう。県警の刑事課の何係だ？　警察内部の制度改革で、刑事課は殺人係、窃盗係、薬物係、事故係に組織改編されただろう。自殺ならば事故係が来るし、他殺の可能性が出てきたら殺人係にバトンタッチされる」

「どうしてそんなに詳しいんですか？」

「マニアなんだ」

それまで黙っていた栗藤が驚いて声を上げるのに、美音璃が肩を竦めて返す。遠坂はさらに渋い顔つきになっており、今にも髪をかき乱しそうだった。

「殺人係です…。おっしゃる通り、自殺ではないと判断されるような状況だったので、うちの担当になったんです」

いっそ全部話してしまった方が、自分自身のストレスを軽減できると判断したのだろう。開き直ったように話し始める。

「通報があったのは午前六時過ぎ。こちらの建物…なんだっけな」

「木犀棟です」

首を傾げる遠坂に、栗藤がメモを見て情報をつけ加える。栗藤はメモ好きらしく、美音璃たちと遠坂がやりとりしている間も、ずっとペンを動かしていた。

「そうそう。この木犀棟に入った業者が遺体を発見し、学校側に報告した後、警察に通報が入ったので、発見されたのはそれよりも早い時刻です。業者の記憶では…」

「午前五時三十五分に学校へ連絡した履歴が確認されていますので、その前です」

「ということなので、まあ、五時半くらいでしょう。一階のホール…っていうんですか。なんかそこで学校祭的なアレが開かれてたんですよね？　その片づけに来た業者のようです。授業開始前に作業を終了させるために、早朝から仕事に来て、ホールに入ったところ、…胴体の中央付近に刃物が刺さっている女性の遺体を発見したんです」

「なるほど。だから、他殺だと？」

パンと手を叩いて納得する芙久子に、遠坂は不承不承頷いた。

「遺体が十代と思《おぼ》しき少女であること、こちらの学校は部外者の侵入が難しい僻地《へきち》にあることなどから、生徒だと判断しました。遺体を確認したのは住み込みの用務員で、身元はわからなかったので、学校側に確認を頼んでいるところです」

「ここは全寮制だそうですから。すぐにわかると思います」

栗藤がつけ加えた言葉に、芙久子はどういう意味か問いかける。いなくなってる人間を捜せばいいのでは…という栗藤の答えに、ふっと笑みを漏らした。

「甘いな。奇《く》しくも昨日は皐月祭。特別な事情のある者は、見学に来た家族と一緒に帰っているのだ。だから、いつもとは違って、全員が揃っているわけじゃない。すぐというのは無理だと思うぞ」

「だとしても、確認を取れば…」

「それよりも早くて簡単な方法がある」

「どういう？」

「私が君に協力して確認してやろうではないか！　私は全校生徒の顔と名前を記憶しているからな！」

「……」

胸に手を当て、堂々と申し出る芙久子に、遠坂と栗藤は信じられないものを見る目つきを向けた。

遺体というのは場慣れした刑事でも見たいものではない。それなのに、芙久子の表情は輝いている。

対して、芙久子が遺体を見ようとしているのを知った美音璃と紬は、あり得ないと言いたげに顔を顰めて注意した。

「芙久子。さすがに趣味が悪いぞ」

「芙久子様。葵さんに知られたら叱られますよ」

「君たちが黙っていればわからない。さあ、遠坂とやら。どうする？」

芙久子に決断を迫られた遠坂は深い溜め息をついて、「あのですね」と冷静に考えてみろと促す。

「たとえ、そっちが持ちかけたとしても未成年に遺体の確認なんてさせませんよ。後から叱られるのはこっちです」

「ほう。いいのか？」

「何がです？」

「違う意味で『叱られる』ことになるぞ。私は五百城芙久子。五百城家の跡取り娘だ」

人の悪い笑みを浮かべ、芙久子が名乗ると、遠坂と栗藤は揃って目を見張った。五百城家と言えば誰もが知る名家であり、その影響力は計り知れない。

名家同士の繫がりは強く、国政の中心にいるような人物にも易々《やすやす》と接触できる。一介の警官のクビを切ることなど、造作もないはずだ。

遠坂は項垂れ、すべてが面倒になって、半ば投げやりに「わかりました」と了承した。

「いいんですか？」と心配そうに聞く栗藤を無視し、芙久子に二階へ行こうと促す。

「遺体はもう運び出されましたが、まだ鑑識が残っているので、画像で確認してください」

遠坂の返事に芙久子は満足そうに頷き、美音璃の腕に手を回した。

「見せてくれるそうだ。行くぞ、美音璃」

「ちょ…冗談だろう？　私は…」

「いいじゃないか。あ、紬ちゃんはやめておきなさい。ショックを受けるといけないから」

「私は？」

「君は大丈夫だ」

どうしてそんなことがわかる…と美音璃はあれこれ訴えたが、芙久子はまったく聞いておらず、強引に美音璃を連れ出した。

先を歩く遠坂たちの後に続き、芙久子は美音璃と腕を組んだまま階段を下りる。前を歩きながら、遠坂は交換条件を提示した。

「本当はこんなことしちゃいけないんです。こちらも譲歩してるんだから、質問に答えてくれませんか」

「よかろう」

「職員に聞いたところ、最初、この木犀棟は行事などに使用されるもので、人は住んでないと言われたんです。ですが、その後、事情があって住んでいる生徒がいると聞いたので、確認しに四階まで上がってきたわけです。その生徒というのが…美音璃さんなんですね？」

「ああ」

「四階に残った紬さんは美音璃さんの世話係で…こちらの学校では、生徒一人一人に世話係がつくんですか？」

「いや。世話係を置けるのは寮長だけだ」

「では、美音璃さんは寮長なんですか？」

「今は違う」

今は？　不思議そうに繰り返し、遠坂はちらりと後ろを振り返る。美音璃に寄り添っている芙久子は、視線のあった遠坂ににやりと笑い、美音璃の事情を話した。

「美音璃は今話題の宝珠院家の令嬢だ」

「宝珠院というと…お家騒動で揉《も》めている？」

「ああ。以前は雲水寮の寮長だったが、騒動の余波でここへ移ったんだ」

「四階の上に屋根裏部屋があってね。今は紬とそこで暮らしている」

遠坂はなるほどと頷き、芙久子は寮長ではないのかと尋ねる。

「私も寮長だ。寮は四つあって、私は火影寮の寮長だ」

「そうですか…」

早雲女子学院がお嬢様校であるのはわかっていたが、誰もが知る名家の令嬢がごろごろいるとなると、面倒くささが何倍にもなる気がする。

ひたすら億劫に感じつつ、遠坂は知らないでいた方がよかったと思いながら、一階まで下りた。廊下を歩き始めてすぐ、通りかかった制服警官に鑑識課の捜査員はどこにいるか確認した。

まだホールで作業をしていると聞き、美音璃たちを連れて中へ入る。

「おお！」

ホールの中央付近には番号がついたいくつかの札が置かれており、遺体の場所を示すロープも張られていた。それを見た芙久子が興奮し、高い声を上げる。

その声はホール中に響き、その場にいた捜査員たち全員が、遠坂と一緒にいる芙久子と美音璃を見た。遠坂は渋面で、鑑識課の捜査員に呼びかけた。

「渡辺《わたなべ》！」

ホールの端から訝しげな表情で視線を送っていた渡辺は、遠坂に呼ばれて様子を窺うような足取りで近づいてきた。遠坂は彼に遺体の画像を見せるよう要求する。

「こちらの生徒さんが身元の確認をしてくれるって言うんでな」

「いいんですか？」

未成年…しかも、お嬢様校の生徒に見せてもいい写真ではない。大丈夫なのかと心配する渡辺の前で、遠坂は芙久子に確認した。

「いいんですよね？」

「もちろんだ！」

倒れたりしても自己責任でお願いしますよ…と、渡辺はぶつぶつ言いながら、首から提げていた一眼レフカメラを操作した。カメラのモニターに映し出された画像を、芙久子は嬉々として近づき、覗き込む。

美音璃は間違っても目にしたくなくて、一歩下がり、顔を背けたのだが。

「……」

芙久子は画像を見た瞬間、息を呑み、美音璃の腕を摑んで引っ張った。美音璃は溜め息をつきたい気分で、カメラが視界に入らないように遠くを見て、苦言を呈する。

「ドラマと現実は違うだろう。死体の写真なんて見るもんじゃない」

「……」

「離せ。私は見たくない」

遠坂や渡辺からも自己責任でと言われたじゃないか。そう続けようとしたが、やけに芙久子が強い力で引っ張ってくるものだから、むっとして、芙久子を睨んだ。

「悪趣味だ…」

「違う」

遺体の写真を無理矢理見せようとするなんて…と憤りかけた美音璃は、芙久子の表情がさっきまでとは打って変わって青ざめているのに気づき、眉を顰めた。

何が楽しいのかわからないが、殺人事件の現場だ、遺体の写真だ…と浮かれていた芙久子の顔つきと、百八十度違っている。強張り、戸惑いと恐れが浮かんでいる顔は、接している内容からすれば、正しいものではあるのだが。

「…芙久子？」

急にどうしたのかと思い、美音璃は心配になって呼びかける。芙久子は渡辺が持っているカメラを指さし、見てくれと言った。

「だから、私は…」

「委員長だ」

「……!?」

見るつもりはないと繰り返そうとした美音璃は、芙久子が真剣な表情で口にした言葉に驚愕《きょうがく》する。

どういう意味だ…と問うよりも、カメラを見た方が早いと判断し、絶対に厭だと思っていた遺体の画像を目にした。

そこには遠坂が言ってたように、胴体の中央部に刃物らしきものが突き刺さった遺体を収めた画像があった。オレンジ色のドレスを着ている女性の顔は…。

「委員長…？」

美音璃に代わって雲水寮の寮長となった、香椎藍那のものに違いなかった。

どうして委員長が？　見間違いかもしれないと考え、美音璃は渡辺に他の写真も見せてくれるよう頼んだ。渡辺が撮っていたどの写真を見ても藍那であることは間違いなく、美音璃と芙久子は沈黙した。

特に芙久子は、現れた時からハイテンションだっただけに、その表情の硬さが目立ち、遠坂は困った顔で忠告はしたはずだと弁明した。

「こちらがお願いしたわけじゃなくて、そちらが見たいと強く望まれたんですからね」

「ああ、わかってる。君を責めるつもりはない。今、私は自分の浅はかさに打ちのめされてるんだ。少し静かにしてくれないか」

「芙久子。あっちで座ろう」

「その前に。これは誰なのか、教えてください。委員長って？」

二人のやりとりから、画像の遺体は「委員長」らしいとわかったが、氏名などはわかっていない。美音璃は芙久子の肩を抱いて椅子のある場所へ移動しながら、遠坂に委員長の身元を教えた。

「香椎藍那。三年一組の委員長で、雲水寮の寮長だ」

「雲水寮というと…」

「私の代わりに寮長を務めてくれていた」

美音璃は少し寂しげに言い、芙久子を連れて遠坂たちから離れる。芙久子を座らせた椅子は、昨日の舞踏会で出席者たちが使っていたものだった。

隣に座った美音璃が、「大丈夫か？」と尋ねると、芙久子は無言で頷く。

「私が愚かだった」

「否定はしないな。殺人事件に浮かれるなんて、不謹慎だ」

「まったくその通りだ」

全面的に非を認める芙久子は、相当堪えているようだった。勝ち気な芙久子が自ら降参することは滅多にない。

心配になって美音璃が隣を見ると、芙久子は斜め向かい側に並べられている椅子をじっと見つめていた。

「顔と名前しか知らない相手なら、遺体の写真を見ても平気だと思ってたんだ。まさか知り合いだとは考えてもいなかった」

芙久子が見つめているのは、昨日、委員長が座っていた椅子だとわかり、美音璃は小さく息を吐く。遺体を見るなんてやめておけと、もっと強く止めるべきだった。

悪かった…と詫びる美音璃を、芙久子は不思議そうに見る。

「なぜ、君が謝る？」

「私が止めるべきだったと思って」

「君に私を止められるものか。勝手に罪悪感など、抱かないで欲しいな」

「まあ、そうだな。けど、おかしいと思わなかったか？」

「何が？」

「委員長が着ていたドレスだ。委員長のドレスはマリンブルーだった」

美音璃の指摘に、芙久子ははっとした表情になり、大きく頷いた。渡辺から見せられた画像の遺体が着ていたドレスは、オレンジ色だった。

「確かに！　…ん？」

美音璃の言う通りだと同意した芙久子は、別の疑問を抱いて首を傾げる。

「どうして、君が委員長のドレスを知ってるんだ?」

美音璃は舞踏会に参加しなかった。手伝いに来た紬から、校外から多くの人が訪ねてくるので目立たぬよう、美音璃には四階から出ないよう言い残してきたと聞いた。

抜け出して見に来ていたのかと芙久子に確認された美音璃は、気まずそうな表情になって、曖昧に頷く。

「まあ…そんなところだ。芙久子のドレス姿が見たかったんだ」

「私は美しかったろう?」

「もちろん。誇らしかったよ。…あそこに芙久子が座っていて、その向こうに委員長が座っていたよな?」

確認する美音璃に頷き、芙久子は藍那が踊る姿は見たのかと聞いた。

「いや…見てないな」

芙久子が桐野江と踊る姿は見たが、藍那のダンスは見ていない。ダンスは寮ごとに行われ、火影寮、捲土寮、金環寮、雲水寮の順番で繰り返されたはずだ。

雲水寮の記憶がないのは、恐らく、汐路と踊っていた時だったからなのだろう。

汐路と会ったことは誰にも言わないという約束をした。だから、芙久子にも話せず、美音璃は嘘をつく。

「芙久子のダンスを見て、すぐに四階へ戻ったんだ」

「そうか…。実はな。ちょっとした事件があったんだ」

「事件？」

どんな…と美音璃が聞きかけた時だ。「五百城さん！」と呼ぶ、鋭い声がホールに響き渡った。

驚いて見れば、教務主任の松尾《まつお》が他の教員と共に立っていた。

「宝珠院さんも！　こんなところで何をしてらっしゃるんですか！　自室で待機という連絡が…」

「失礼しました。すぐに戻ります。…またな」

「ああ」

逆らっても面倒なだけの相手には、諾々《だくだく》と従うに限る。芙久子は逃げるようにして火影寮へ帰っていき、美音璃は四階へ戻った。

四階の階段の下り口では、紬がはらはらしながら待っていた。

「美音璃様！　大丈夫ですか？」

「あまり大丈夫じゃないな」

「なんてこと…！」

理由も聞かずに、紬は卒倒しそうな勢いで顔を青くする。倒れられても困るので、美音璃は紬を支え、熱いコーヒーを入れてくれるかと頼んだ。

円卓の席に着いた美音璃に、新たに入れたコーヒーを運んだ紬は、どうだったのかと様子を聞いた。藍那とは紬も顔見知りであり、ショックを受けるのは間違いない。

今は伝えるべきではないと美音璃は判断し、曖昧にごまかす。それよりも…と、途切れてしまった芙久子との会話で気になったことを先に確認した。

「紬は昨日、舞踏会の会場にいたんだろう？」

「はい。葵さんと一緒に芙久子様のお世話をしておりました」

「何か…事件的なことは起こらなかったか？」

「事件…と申しますと……その、まさか…舞踏会の時に…殺人事件が…」

事件なんて言い方をしたのが間違いだったと、美音璃は慌ててそういう意味じゃないと訂正する。

「ハプニングというかトラブルというか…」

「トラブル…かどうかはわかりませんけど、心配なことならございました」

「どんな？」

「新しく雲水寮の寮長になられた藍那様が倒れられたんです」

「……」

間違いない。芙久子が話しかけた事件はそれだ。美音璃の表情が厳しいものになったのに紬は気づき、心配そうに尋ねる。

「何か気になることでも？」

「いや。…倒れたっていつ？」

紬に気を遣わせないために、美音璃は柔らかな口調を意識して確認した。紬はダンスを踊り始めた時だと答える。

「許婚の方と席を立たれた時から様子がおかしかったのですが…」

「紬はどこにいたんだ？」

「私は葵さんと一緒に芙久子様の後ろにおりました。藍那様は世話係がいらっしゃいませんでしたので、負担になられていたのではないでしょうか」

「舞踏会までには探すという話じゃなかったか？」

寮長たちがサロンで集まり、打ち合わせをした際、藍那は世話係を伴って現れなかった。探している最中で、舞踏会には間に合うと言っていたはずだ。

「私もそう思っておりましたので、藍那様にお尋ねしたところ、よい方が見つかったのだけど、舞踏会には間に合わなかったのだとおっしゃってました」

「そうか。委員長は倒れた後、どうしたんだ？」

「私と栞さんで医務室へお連れし、介抱して差し上げました。少し横になったら楽になったとおっしゃり、舞踏会へ戻られて、その後はお見送りまでこなしてらっしゃいました。無理しておられるのではないかと心配だったのですが、舞踏会後にご両親と実家へ戻られると話してらしたので…」

「え…？」

どういうことかと、美音璃は紬の話を途中で遮る。紬は表情を曇らせて、藍那から聞いた話を伝えた。

「医務室へお連れした際に、藍那様から聞いたのです。舞踏会後に一度実家に戻り、世話係の方と用意をして、一緒に戻ってくる予定だと…」

「委員長は…実家へ戻ったのか？」

確認する美音璃の表情は厳しいものになっており、紬は不安を強くして頷く。

「だと…思います。あの…藍那様に何かあったのでしょうか？」

こんなに藍那について真剣に尋ねるのはどうしてなのか。紬はおかしく思い始め、恐る恐る尋ねる。

美音璃はいつまでも隠してはおけないと諦め、「ああ」と認めた。

その返事と、美音璃の哀しげな表情から、紬はすべてを察した。

「…まさか…！　大丈夫じゃないっていうのは…」

「芙久子は反省していたよ。浅はかだったたって」

名前と顔しか知らない生徒であれば、遺体となった画像を見ても、さほどショックを受けたりしない。そんな謎の自信を抱いていたらしい芙久子は、遺体が藍那であると知り、顔を青ざめさせていた。

豪胆な性格で知られる芙久子でさえ、そうなのだから。

「紬！」

遺体が藍那であったと確信した紬は、床に崩れるようにして倒れてしまった。美音璃は慌てて立ち上がり、紬を抱きかかえて寝椅子へ運ぶ。

「大丈夫か？　紬！　しっかりしろ」

「もうしわけ…ございません…」

詫びる紬の顔は紙のように白くなっており、美音璃はやはり黙っているのだったと反省しつつ、調理室へ向かった。製菓用のブランデーを少量グラスに注ぎ、紬のもとへ持っていく。

「紬。お飲み」

「美音璃様…」

「舐《な》めるだけでもいいから」

強い酒など、普段の紬は口にすることはないが、卒倒しかけているのだから、これが効く。美音璃の勧めに従い、グラスに唇をつけた紬は、わずかな量を舐めるようにして口に含み、息を吐いた。

「…美音璃様にご心配おかけして…申し訳ございません」

「いや。私の配慮が足りなかった。言わないでおこうと思ったんだが…」

「いえ。いずれ知るはずでしたから。お気遣いいただき、ありがとうございます」

礼を言い、紬は横たわっていた寝椅子から起き上がろうとする。美音璃はもう少し休めと押し戻し、紬の足下に腰を下ろした。

「紬が大丈夫なら、委員長から聞いたという話をもう少ししてくれるか？　委員長は確かに家に帰ると話していたんだね？」

「はい。ご両親が待合室でお待ちだと…舞踏会の会場へはご親族は立ち入ることはできませんので…お見送りが終わった後、一緒に帰るとおっしゃってました」

「舞踏会が終わった後はどうしていたかわかるか？　許婚と一緒にいたのかな？」

「…それは…存じ上げません。私は芙久子様につき添い、火影寮へ移ってしまったので」

そうか…と頷き、美音璃はしばし考え込んだ後、立ち上がって電話の置いてあるコンソールへ歩み寄った。

起き上がって「私が」と世話しようとする紬に、「寝てなさい」と強めに言いつけ、ダイヤルを回す。呼び出し音が鳴り出してすぐ、「火影寮でございます」という葵の声が聞こえた。

「葵さん？　美音璃だ」

『美音璃様！　先ほどは芙久子様が突然押しかけ、失礼いたしました』

「芙久子は戻った？」

『はい。ですが、気分が優れないとおっしゃって寝室に籠もられてしまったのです。私もちょうど、美音璃様にお電話差し上げようとしていたところで…』

「だとしたらタイミングがよかったね。…芙久子は遺体について何も話さなかった？」

はいと答える葵に、美音璃は「そうか」と相槌を打った後、驚かないで欲しいんだが…と前置きした。

「ショックを受けるような内容なんだ」

『…遺体は私たちの知っているお方だったのですね？』

すかさず推理してみせる葵はさすがだ。美音璃は苦笑しながら「ああ」と頷く。

「委員長…香椎藍那だった」

『……！』

紬のように葵は倒れたりはしないだろうと考え、率直に伝える。葵は絶句した後、「失礼しました」と詫びた。

「いや。大丈夫かい？　紬は倒れてしまって…」

『紬さんが？　大丈夫なのですか？』

「ああ。今は寝椅子に寝かせてある。…葵さんが知っていることだけでいいから、教えて欲しいんだ」

葵は衝撃を受けているようだが、紬を心配する余裕があり、美音璃のリクエストにも落ち着いた声で「なんでしょうか？」と応えた。

「紬は委員長から舞踏会後、両親と共に実家へ戻るという話を聞いたようだが、葵さんも知ってた？」

『はい。その話は紬さんから伺いました』

「委員長は舞踏会後の歓談タイムはどこで過ごしたのかな？　芙久子は火影寮の自室だと聞いたが」

『ええ。なので、私は藍那様に四階のサロンを使われることをお勧めしたのです。藍那様は代理とはいえ、雲水寮の寮長ですからサロンを使うことができますし、お二人だけでゆっくり話せます。けれど、藍那様は気分が優れないので、許婚の方にお詫びして、部屋で休ませてもらうとおっしゃいました』

「…ということは、委員長は舞踏会後は、雲水寮に戻ったのか。一人で？」

『だと思います。許婚の方には先にお帰りいただくとのことでした。藍那様がダンスの時に倒れられた話は…』

「紬から聞いた。医務室で休んだ後、舞踏会へ戻り、見送りの際にはいたようだが…」

『はい。休憩して戻ってこられたのだと思います。芙久子様、沙也佳様、波留乃様とご一緒に寮長としての仕事をちゃんと務めておいででした』

「じゃ、その後、親と帰ったのかな？」

『そこまでは…。ですが、美音璃様。藍那様がご両親とお帰りになられたのなら、どうして木犀棟のホールで遺体で発見されたのでしょう？』

「そこだよな」

芙久子が好きそうな話だ。美音璃が呟くと、葵は「ええ」と重々しい口調で相槌を打った。

「でも、まあ、芙久子も反省しているようだから…」

『美音璃様はご存じでしょう？　芙久子様は立ち直りが早いと』

「…そう…だな」

確かに…と美音璃は頷き、もう一つだけ聞かせて欲しいと葵に問いかけた。

「昨日、委員長が着ていたドレスはマリンブルーだったけど、他にも予備のドレスを持っていたりしたか、知ってるかい？」

『予備でございますか？　いえ、そんな話は…。そもそも予備の製作は禁止されておりますので』

持っていなかったはずだと言った後、葵は疑問を口にする。

『美音璃様は…舞踏会にいらっしゃらなかったのに、どうして藍那様のドレスがマリンブルーだったとご存じなのですか？　芙久子様か紬さんにお聞きになられたのでしょうか？』

「葵さんは頭の回転が速いね。そういうところが大好きだよ」

ふふ…と笑ってごまかし、芙久子が復活したら電話をくれるように頼んで、美音璃は受話器を置いた。

わからないことがいくつもあるが、最大の謎には辿《たど》り着かない感じだ。藍那は誰にどうして殺されたのか。

電話の横で考え込んでいると、寝椅子の方から「そろそろ起きてもよろしいでしょうか？」と尋ねる紬の小さな声が聞こえた。

芙久子の復活は予想よりも早かった…というよりも、自分の行いを反省し、落ち込んでいるのだという美音璃と葵の考えが甘かったというべきか。

授業は中止、自室待機という非常事態に大勢の生徒たちが困惑する一方、お家騒動のせいで授業に出られないでいる美音璃にとっては、いつもと変わらない一日が過ぎ、夜になった。

二十一時を過ぎた頃、闇に紛れて芙久子が葵と共に訪ねてきた。

「見張りが思ったよりも粘るから遅くなった」

「なんだ。その黒装束は」

「この方が目立たないだろう？」

自慢げに言う芙久子に対し、つき合わされて同じ格好をさせられている葵は、屈辱に耐えるような表情を浮かべている。葵を気の毒に思いながら、美音璃は何をしに来たのかと聞いた。

「電話をくれと頼んでおいたが」

「申し訳ございません、美音璃様。芙久子様がどうしても直接訪ねるのだと…おっしゃいまして」

「ここは事件現場だからな」

ふっと笑う芙久子は、すっかり復活したようだ。やっぱり立ち直りが早い。

「何をする気なんだ？　捜査の真似ごとでも？」

「いや。そんな技術はないからね。情報の収集と整理、そして、推理だよ。そこから委員長を殺害した犯人を見つける」

真剣な顔つきになっている芙久子は、本気で犯人捜しをしようとしているらしかった。

美音璃にもいろんな疑問の答えを知りたいという気持ちはあったが、犯人を見つけられるとは思えない。

「見つけるって…私たちには無理だろう。警察に任せておけば…」

「役に立たなさそうだから言ってるんだ。…香椎家は自殺でことを収めようとしているらしい」

「……!?」

芙久子が声を低めて告げた内容は、美音璃には信じられないものだった。どうしてという問いかけに、芙久子は肩を竦めてよくある話だと返す。

「殺されたというのは体面が悪いからな。学校側にとってもその方が都合がいい」

「あり得ないだろう。刺されて亡くなったんだぞ。自殺なんて…警察だって納得しないんじゃ…」

「なんとでもなるさ」

この国では富と権力がすべてだ。香椎家は抜きん出た名家というわけではないが、相当の財力がある家柄だ。警察上層部へ働きかけることなど、造作もないだろう。

「すでに私たちが見たあの画像は存在しないことになってるようだしな」

「なんで…いや、ていうか、どうしてそんなことを知ってるんだ?」

疑問は山ほどあれど、まず、芙久子がどこから情報を得ているのか確認しなくてはならない。芙久子が特別な手段でネットにアクセスしているのは知っているが、警察の情報も同じように得ているのか？　まさか、ハッキングなどをしているのか？

美音璃から怪訝そうに聞かれた芙久子は含み笑いを漏らした。

「それもまた楽しそうだが、ばれた時にまずいからな。他の手を使った」

「他のって…」

どんな手なのか、想像もつかず、美音璃は首を傾げる。その時、着信を知らせる電子音が鳴り始め、葵が手に持っていたタブレットを芙久子に差し出した。

「連絡が来たようだ」

にやりと笑い、芙久子はタブレットを円卓の上に置き、椅子に腰掛ける。美音璃にも隣へ座るよう勧めながら、タブレットを操作した。

画面に現れたのは眼鏡をかけた男性だった。恐らく…桐野江だと思ったが、舞踏会の日に遠目に見ただけで確信の持てない美音璃は小声で「許婚殿か？」と芙久子に尋ねる。

芙久子は頷き、画面の向こうにいる桐野江に話しかけた。

「やあ、許婚殿。世話をかけるな」

『いえ…。芙久子さんのおっしゃっていた、被害者の両親から事情聴取した記録なんですが…先ほどとは違う部屋にいるんですか？』

芙久子に話し始めた桐野江は、画面に映る彼女の背景が気になったらしい。芙久子は「ああ」と認め、美音璃の方へタブレットのカメラを向けた。

美音璃はどきりとしたのだが、顔には出さず、笑みを浮かべて軽く手を振る。

「昨日、話した宝珠院家の令嬢だ。今は事件現場に住んでいるのでな。こっちの方が便利だと思い、移動してきた」

『事件現場に住んでるって…』

「現場は一階で、私がいるのは四階だ」

驚いている桐野江に、美音璃は説明をつけ加えて、カメラを芙久子へ戻す。

今の反応を見る限り、芙久子の許婚は単純で人がよさそうだ。昨日、初めて話をしたはずなのに、すっかり芙久子にコントロールされている。

『そうなんですか。よかったです。死体のあった部屋にいるなんて…とびっくりしました』

ほっとして胸を押さえる桐野江を、芙久子は微笑ましげに見て、美音璃に囁き声で経緯を打ち明けた。

「私が調べられる内容には限りがあるのでな。許婚殿に警察から情報を引き出してもらうように頼んだんだ。許婚殿の母校出身の警察関係者は山ほどいる。つてはないかと聞いたところ、長野県警のトップに話を通してもらえた」

「なるほど…」

名家の子女が通う学校には同じような境遇の者が集まるから、必然的に政財界はもちろん、公的な組織上層部においても知り合いだらけという状況が生まれる。

芙久子はどうやって…と疑問だったが、桐野江を使ったのなら納得だ。

「それで、委員長…いや、香椎藍那の両親は警察の事情聴取にどう答えたんだ？」

芙久子に話を促された桐野江は頷き、入手した資料を見ながら、話し始める。

『昨日の皐月祭を見学するため、早雲女子学院を訪れ…舞踏会の会場に保護者は入れないので、他の展示を見て回ったりしていたそうです。十七時に皐月祭自体は終了し、舞踏会後に生徒と共に帰宅する保護者のための待合室に移動した……早雲女子学院は年末年始しか帰宅できないと聞いたことがあるんですが…』

「ああ。もしくは不幸があった場合などだが、それ以外に特別な事情のある場合、許可が出るんだ。皐月祭に両親が揃って迎えに来ることが条件だ。死にそうな親族に会わせたいとか…まあ、色々あるだろう」

『そうなんですね。香椎藍那さんの場合は…世話係ですか』

桐野江がおおよその状況を把握しているのは、美音璃とのやりとりを葵が芙久子に報告し、芙久子が桐野江に教えたからしかった。美音璃は葵と目配せをして、話を伝えてくれた礼を伝える。

「香椎藍那は許婚を見送る場にはいたんだ。許婚殿も見ていただろう。私の隣にいた…」

『ええ。ブルーのドレスを着ていた方ですね』

桐野江がブルーと言うのを聞いた美音璃は、遺体が着ていたオレンジ色のドレスを思い出した。同じ疑問を持っていた芙久子が伝えているはずだと考え、黙って話を聞き続けた。

『あの時、僕も芙久子さんとお別れして帰ったのですが、香椎藍那さんの両親は十時頃、待合室に来た娘と共に学校を後にしたそうです』

「委員長は制服だったのか？」

『はい。芙久子さんが気にしているのは遺体が着ていたオレンジ色のドレスですよね？ あのドレスは両親も知らないそうです』

ドレスの予備はないと、美音璃も葵に確認を取っている。遺体のドレスについては、現在、鑑識で詳しく調べている最中だと桐野江はつけ加えた。

『芙久子さんがおっしゃる通り、自殺で片づけるにはこの件には疑問が多すぎます。香椎家の希望とは別に、真相を明らかにするためにも、捜査を続けてもらうように働きかけています』

「ありがとう。頼もしいな。許婚殿は」

『いえ、そんな…』

にっこり微笑んだ芙久子に褒められると、桐野江は嬉しそうにはにかんで照れ笑いを浮かべる。美音璃は桐野江には見えない場所で、葵に向かって掌《てのひら》を動かしてみせた。

すっかり芙久子の手中にあるようだというジェスチャーに、葵は深々と頷く。

『ええと…両親の話を続けますが、学校を出て…三十分ほど経《た》ったところで、香椎藍那さんが忘れ物をしたと言い出したそうなんです。それで学校へ戻り…両親には夜も遅いので、寮に入ったら戻れないから、先に帰宅して欲しいと伝えたそうです。翌日、改めて迎えをよこすよう頼み、校門で別れた…と説明していますね』

「では、委員長は一度は帰ったものの、戻ってきたんだな？」

『はい。校門に設置されている防犯カメラにも記録が残っていました。残念ながら、早雲女子学院は校内にカメラがないので…門や塀など、外部に向けられているカメラの画像しか確認できていないのですが、この日、香椎藍那さんが校内に入った後、侵入者があった形跡はないそうです』

「内部の犯行…か」

にやりと笑う芙久子は、反省しているのかどうかわからない。反省した後に立ち直った…のだろうなと考え、美音璃は死因に触れる。

「やはりあのナイフで刺されたせいで亡くなったのか？」

『その話をしようと思っていました』

美音璃の声を聞き、桐野江が答える。

『遺体を司法解剖した結果はまだ出ていないのですが、現場からはナイフが死因ではないだろうという報告が上がってるんです。出血量が少なく、ナイフの刺さり方も浅かったようで…』

「じゃ、違う理由で亡くなった後に刺した…のか？」

『恐らく。これは司法解剖の結果が出たらはっきりしますので…』

「その結果が出ても、委員長のご両親は自殺にするつもりだろうか？」

美音璃の呟きに、芙久子は肩を竦める。何者かに刺されて亡くなった殺人事件でさえも、自殺として処理しようとしているのだ。そこにさらなる要素が加わったとしても、考えが変わるとは思えない。

「面倒な背景を抱え込むより、自殺の方が早く片づくからな」

「……」

だとしても。娘が亡くなっているのだ。その真相を知りたくないのだろうか。

そんな疑問を、美音璃は口にすることなく、溜め息一つで留めた。

『司法解剖の結果や、鑑識課の捜査から何か新しい情報が報告されたらすぐにお知らせします。とにかく、殺人だとしたら犯人が校内にいるのは間違いないので、芙久子さんもお気をつけください』

「ここは大きな密室のようなものだからな。ありがとう、許婚殿。精々気をつけることにするよ」

『では…』

失礼します…と桐野江が言いかけた時、美音璃は「あ」と声を出した。汐路について尋ねてみたいと思ったのだが、周囲に人が多すぎる。

「どうした？」

「…いや」

不思議そうに聞く芙久子に、なんでもないと返し、美音璃はタブレットの画面が暗くなるのを見つめる。

あの隠し部屋で汐路と過ごした後、約束をした。

本当は桐野江につき添っていなければいけなかったのに、つい楽しくて長居をしてしまった。恐らく、叱られるだろうから、自分は適当にごまかすが、美音璃に迷惑をかけないためにも、自分と会ったことは誰にも言わないで欲しい。

美音璃の方も嘘をついていたから、その方が都合がよく、わかったと了承した。けれど、桐野江の顔を見ていたら、つい、汐路はどうしているのかと聞きたくなってしまった。

誰にも言えない秘密というのは面倒なものだな。美音璃は内心で嘆息し、頬杖をつく。

その横で、芙久子は情報をまとめていた。

「つまり…委員長は別れの挨拶の後、ドレスから制服に着替えて、両親と共に学校を出た。それが二十二時過ぎで…三十分ほどで引き返した。だから、学校に戻ってきたのは二十三時頃だろう。それから遺体が発見された…五時半頃までの間に、オレンジ色のドレスに着替えて、木犀棟のホールに来て、なんらかの理由で亡くなった…」

「帰ってきた時、雲水寮に行ったのかな」

「そちらは目撃情報を集めようと思います。明日には藍那様が亡くなられたことが公表されるそうなので」

美音璃の呟きに葵が答える。公表されると聞いた紬は、頬に手を当てて辛そうに目を閉じた。

「雲水寮の皆様もショックを受けるでしょうね…」

「ああ」

ただでさえ、雲水寮のシンボルだった美音璃がお家騒動で寮長を退いたばかりだ。新たに寮長となった藍那が亡くなったとなれば…誰もが悲しみに暮れるだろうことは、容易に想像がついた。


翌日。死因は伏せたまま、藍那が亡くなったと知らされると、雲水寮のみならず、校内に激震が走った。ショックを受けて倒れる者も続出し、影響の大きさを鑑みて、三日間授業を中止するという発表があった。

授業の中止が決まってすぐ、緊急で寮長会が開かれることになった。おおよその事情がわかっている美音璃と芙久子に対し、沙也佳と波留乃にはまったく情報が伝わっておらず、二人とも硬い顔つきで木犀棟に現れた。

「芙久子様、美音璃様。どういうことかご存じですの？」

「自殺だという話を聞きましたが…」

先に着いていた芙久子が美音璃と話していると、足早に入ってきた二人が挨拶も抜きで問いかけてくる。動揺している沙也佳たちに、美音璃は座って話そうと勧めた。

「立ち話で済ませる内容じゃない。紬、気分が落ち着くようなお茶を…そうだな。カモミールティーでも入れてくれないか」

「承知いたしました」

「紬さん。私も手伝います」

事件の影響で、当分の間、校外の人間は出入り禁止となったので、サロンの専属シェフはいない。葵が手伝いを買って出ると、沙也佳と波留乃の世話係である栞と操も同調して四人で調理室へ向かった。

調理室へ入るとすぐに、操が紬に尋ねた。

「藍那様は木犀棟のホールで亡くなられていたそうですが、紬さんは何かお聞きになりました？」

「詳しいことは美音璃様と芙久子様が説明なさるかと思います。昨日、刑事さんが訪ねて来られたので…」

「刑事って…」

警察の？　と確認する操に、紬は困った顔で頷く。警察と聞いただけで恐ろしいと感じたらしい操は、身を震わせて大きな溜め息をついた。

「警察の方とお話ししなきゃならなかったなんて…怖い思いをされたでしょう？」

「美音璃様が応対してくださいましたので…それに途中からは芙久子様もいらして、お二人がお話しされるのを私は聞いていただけですから」

「芙久子様って…昨日は自室で待機では？」

「抜け出されたのです」

操の疑問に、葵は渋い顔つきで答え、内緒にしてくれるように頼む。芙久子が好奇心旺盛であるのを知る操は苦笑して頷き、「では」と続けた。

「警察から直接話を聞かれたお二人が、詳しくお話しくださいますね」

「だと思います」

紬も葵も、おおよそは把握していたが、美音璃たちに話を任せた方がいい。そう判断してお茶の用意に専念する。各自が仕事を分担して、湯を沸かし、ポットを温め、カップアンドソーサーを用意する。

世話係として手慣れている四人で支度をすればあっという間だ。お盆に載せた茶器を運ぼうとした時、紬は栞がずっと黙っているのに気がついた。

気になって見た顔は青白く、強張っている。操と違い、不安を口にできないでいるのだろうと考え、紬は声をかける。

「栞さん、大丈夫ですか？」

「…あ…ええ。すみません…。先日、ここで一緒にお話ししたばかりなのに…と思うと…」

「わかります」

新しく寮長となった藍那と共に、サロンで皐月祭の打ち合わせをしてから、まだ一週間も経っていない。栞がショックを受けているのは当然で、紬は無理しないように伝えて、皆と一緒に美音璃たちのもとへお茶を運んだ。

美音璃は芙久子たちの勧めもあって、先日は藍那が座った…元々は美音璃の席であった雲水寮の寮長席に座った。

「複雑な気分だよ」

頬杖をついて深く溜め息をつく美音璃に、芙久子は頷き、まずは藍那に黙禱《もくとう》を捧《ささ》げようと言った。沙也佳と波留乃ももちろん同意し、紬たち世話係も一緒に黙禱する。

しばしの祈りの後、芙久子が沙也佳たちに尋ねた。

「どこまで知りたい？　と言っても、私もまだ真相を把握してるわけじゃない。だが、今、私が知っていることを伝えるとなると、ショッキングな内容も含まれるんだ」

「かまいませんわ。…私、先日は辛辣《しんらつ》な物言いをしてしまいましたが、藍那様を憎くて申し上げたんじゃないんです。亡くなられるなんて…思ってもいなくて」

「私もです。意地悪をしたつもりはなくて…」

沙也佳と波留乃は藍那に対し、好意的な態度を示さなかったのを後悔しているようだった。自殺という噂が流れ、自分の対応に原因があったのではないかと、心配もしているのだろう。

芙久子はまず、それは違うと否定した。

「確かに私たちは委員長を歓迎しなかったが、それは仕方のない話だ。寮長交代はかなりイレギュラーな事態で、こちらにも戸惑いがあったからね。委員長だって、そこはわかっていただろう」

「ですが…」

「じゃ、まず、先に言っておくよ。委員長の死因は自殺じゃない」

沙也佳と波留乃の懸念を取り除くには、そこをはっきりさせるのが重要だと考え、芙久子は断言する。

二人は驚き、安堵するよりも先に、「じゃあ」と疑問を口にした。

「どうして亡くなったんですか？」

「まさか…殺された…とか…」

波留乃が顔を青ざめさせて「殺された」と言うと、沙也佳は口元に手を当てて息を呑む。

二人の様子を見ていた芙久子は、美音璃と視線を交わした。衝撃的な内容が含まれていてもかまわないと沙也佳は言ったけれど、これは無理だ。

無難な内容で留めよう。そんな芙久子の考えを表情から読み取り、美音璃は頷く。

「まだ司法解剖の結果が出ていなくて、詳しいことはわかってないんだ。ただ、自殺ではないのは確かだ」

「それにたとえ自殺だとしても、沙也佳や波留乃には関係ないからね」

藍那は二人の言動を気に病むような性格ではなかった。美音璃は沙也佳たちを安心させるように言い、つき合いも短かったと指摘する。

「委員長と話したのは先週、ここで会った時が初めてだったと思うし、その後も皐月祭当日に顔を合わせただけだろう？」

「そう…ですわね」

「美音璃様と芙久子様は同じクラスでいらしたのですよね？」

「ああ。高等部は三年間、クラスが変わらないからね。彼女はずっと委員長で…だから、私も芙久子も委員長って呼んでしまうんだが…」

「美音璃はいつも委員長に注意されてたからな。あれで自殺するなら、美音璃はとっくにしてる」

藍那は美音璃に厳しかった…と芙久子が言うのを聞き、美音璃は溜め息交じりに「そうだな」と同意した。

「でも、あれは委員長の愛だったんだよ。私がもっとちゃんとしなきゃいけなかった」

反省してる…と言い、美音璃はカモミールティーを口にする。他の面々もカップを手にし、しばらく沈黙が流れた後に、沙也佳が口を開いた。

「藍那様は木犀棟のホールで亡くなっていたと聞いたのですけど、それはどうしてなのかわかってるのですか？」

「いや。委員長の行動には色々謎があるんだ。調べようと思ってるから、詳しいことがわかったら話すよ」

「調べるって…警察のお仕事なんじゃ？」

芙久子が調べようとしているのを不思議に思った波留乃が尋ねる。芙久子は警察の捜査は進まない可能性があると答えた。

「香椎家は自殺で話を終わらせようとしているらしい」

家の体面を重視し、事件として長引かせたくないと考えているようだと伝えられた沙也佳と波留乃は、怪訝そうな表情を浮かべたが、同時に。

「えっ」

　思わず、出てしまったというような声が響き、全員が視線を向ける。声を上げたのは栞で、慌てて手で口を塞ぎ、「申し訳ございません」と謝罪した。

「お…どろいて…しまって…。申し訳ございませんでした…」

　話を邪魔したのを重ねて詫び、栞は深々と頭を下げる。美音璃は気にしないでいいと柔らかな口調で言い、栞を庇《かば》った。

「驚くのはわかるよ。実の娘が亡くなっているのに、真相を知りたくないなんて…ね」

「ありがちな話だがな」

　ふんと鼻先から息を吐いた芙久子は、「だから」とつけ加える。

「私が真相を明らかにしてみせる」

「でも…どうやって？」

「できるのですか？」

　芙久子が開校以来の才媛であるのは確かだが、一女子高生でしかないのも事実で、人が亡くなっている事件まで解決できるとは思えなかった。

　沙也佳と波留乃が首を傾げるのを見て、美音璃は肩を竦めて協力者がいるのだと教える。

　誰なのかという問いかけには答えなかった。

「委員長がどうして亡くなったのか。納得できる解が見つかったらすべて話そう」

沙也佳たちに約束し、芙久子は小さく笑みを浮かべる。その顔に真摯な決意が滲んでいるのに、美音璃は気づいていた。

沙也佳と栞、波留乃と操の四人が自分たちの寮へ帰っていくと、芙久子は早速、事件現場であるホールを検証しに行くと言い出した。

「行くぞ」

「私も行くのか？」

おつきは葵だけでいいのではないかと美音璃が眉を顰めた時、電話が鳴った。サロンの
電話を鳴らすのは、大抵、芙久子か葵だ。その芙久子たちが一緒にいるのに、誰だろうと
不思議に思いながら、紬に出るよう指示をする。

「はい。木犀棟でございます……。…ええ。少々お待ちください」

紬は受話器を美音璃に差し出し、教務課の主任の名を伝える。美音璃が電話に出ると、
刑事が会いに来ていると告げられた。

「刑事…って」

『宝珠院さんに話を聞きたいそうなんです。あと、五百城さんも…』

「芙久子なら今、一緒にいます」

ならば刑事を四階へ行かせると返した教務主任に、美音璃が返事をしようとすると、芙久子が指示を出した。芙久子に言われるがまま、ホールで落ち合いたいと伝えて受話器を置く。

芙久子は目をきらりと輝かせ、桐野江の働きかけが効いたのだと呟いた。

「許婚殿は使える男だな」

「みたいだね。よかったよ。捜査を続けてもらえるのなら」

自殺で終わらせてしまったら、藍那が浮かばれない。最初は渋っていた美音璃も紬と連れ立ち、刑事に会うために芙久子たちと一緒に一階へ下りた。

ホールに着き、中へ入ると、昨日見た現場検証の形跡はなくなっていた。藍那の遺体があったあたりに近づこうとすると、「待ってください」という声が響く。

ホールには出入りできる箇所がいくつかあり、そのうちの屋外へ続く出入り口近くに、遠坂と栗藤が立っていた。

「再度、鑑識を入れる予定なので、立ち入らないでください。できれば、外で話せますか？」

立ち入り禁止のテープなどもすべて撤収されていたので、作業は終わったのだと思っていた。美音璃は芙久子と顔を見合わせ、遠坂たちのもとへ近づいていく。

求められた通り、ホールの外へ出ると、芙久子は遠坂に疑問を向けた。

「鑑識作業は終わったのでは？」

「ああ…そうでした。お嬢様方は途中で先生に叱られてお帰りになってましたね」

「叱られたわけじゃないぞ」

「あれから横やりが入りまして。途中で撤収したんです」

肩を竦めた遠坂の顔つきはげんなりしたものだった。横やりというのは、自殺で処理したいという香椎家の希望だろう。

一度は終結したはずの捜査が再開することになったのは。

「それが…また別の横やりで、もう一度やり直すことになったんです」

「ほう」

やり直すと聞いた芙久子がにやりと笑うのを見て、遠坂は微かに目を細めた。もしや…と疑いをかけたらしいが、口にはせず、「それで」と続ける。

「改めて詳しい話をお聞かせ願いたいんですよ。ええと、五百城芙久子さん、宝珠院美音璃さん…と世話係の…」

「紬です。山下紬と申します」

「こちらは…」

「私の世話係だ」

「近藤葵でございます」

葵には初対面の遠坂は栗藤にメモを任せ、全員に事件当日…皐月祭かつ舞踏会の日…の行動について教えて欲しいと頼んだ。

「私は皐月祭の実行委員会の仕事で早朝から指揮を執っていたし、昼前くらいからは舞踏会の用意で忙しかった。舞踏会が終わった後は許婚殿と寮で歓談し、二十一時に見送りを終えた後は早々に寝たぞ。疲れていたのでな」

「私は芙久子様に常につき添っておりました」

「私は昼前に葵さんから手伝いを頼まれて火影寮へ参りました。それからは葵さんと一緒に芙久子様のお世話をして…こちらへ戻ってきたのは九時前だったと思います」

「私は紬が手伝いに出かけてから……ずっとサロンにいた」

最後に美音璃がそう言うと、遠坂は「お一人で？」と聞いた。

「ああ」

「では、紬さんが戻ってこられた時にはこちらにいらしたんですね？」

遠坂に確認を取られた紬はすぐに返事ができなかった。

なぜなら、美音璃はサロンにいなかったからだ。屋根裏部屋にいるのかと見に行ったがそこにもおらず、心配して捜しに行こうとしたところ、階段を上がってくる美音璃に出会した。

どこへ行ったのか聞いても美音璃は答えなかったのを思い出し、紬は迷った。

本当のことを言った方がいいのか。言わない方がいいのか。

「…はい」

結局、紬は「いた」と認めることにした。美音璃はどこかへ行っていたが、それと藍那の件とは関係ない。余計な詮索を受けることになれば、美音璃の立場がまずくなる。

少し間を置いて答えた紬を遠坂は訝しげに見たが、再度確認したりはしなかった。「わかりました」と言い、美音璃と紬に質問する。

「こちらにお住まいなのはお二人だけなので確認したいんですが、当日の夜、何か物音とか、いつもとは違うこととか…気づいたことはありませんか」

「いや。私たちが寝ているのは屋根裏部屋だし、一階の様子など、見に来ない限りわからない」

「朝食の時に芙久子様からお電話いただき、それで警察が来ているのをようやく知ったくらいですから」

遠坂はそうですか…と頷き、次に亡くなった藍那との関係を聞いた。

「被害者は委員長で寮長だったとおっしゃってましたけど、お二人とも同じクラスだったんですか？」

「ああ。私は寮も一緒だった」

「宝珠院さんの代わりに寮長になったという話でしたね。それについて不満などは？」

「不満？」

何が不満なのか理解できず、美音璃は不思議そうに繰り返す。遠坂の意図に気づいた芙久子は、あるわけないと一蹴した。

「美音璃は普段から寮長としてろくに働いてなかったんだ。代わってもらえてせいせいしていたくらいだろう」

「ろくにって…ひどいな。一生懸命やってたよ？」

芙久子に反論し、美音璃は遠坂に微笑みかける。

「私を疑う必要はない。あまり物事を深くは考えない質《たち》なんだ。人を殺すなんてとんでもないし、計画を立てて犯行を行うなんてめんどくさいことはしない」

「突発的な犯行ならあり得るってことですか？」

美音璃の発言を逆手にとって尋ねる遠坂に、芙久子は鋭い目を向ける。

「突発的だろうが偶発的だろうが必然的だろうが計画的だろうが、美音璃にはあり得ない」

「芙久子」

嚙みつきそうな勢いの芙久子を宥《なだ》め、美音璃は苦笑して「ないよ」と遠坂に否定した。

遠坂は「失礼しました」と詫び、質問を変える。

「被害者が悩んでいたとか…何かトラブルを抱えていたとか、そのような話を聞いたことはありませんか。…これは一般的な質問です。疑っているわけじゃありませんからね」

芙久子がまだも自分を睨んでいるのに気づき、遠坂は断った。美音璃は「いや」と首を横に振り、自分たちよりも他のクラスメイトに聞いた方がいいと勧める。

「私たちは仲がよかったわけじゃない」

「全校生徒に話を聞いて回るつもりか？」

芙久子から確認された遠坂は栗藤の方を一度見てから、さすがに…と首を捻った。

「内輪の話で恐縮ですが、捜査を中止させたい派と続行させたい派が揉めてるんですよね。なので、俺と…こいつだけでやる感じなんで、限界があるかと」

「取り敢えず、被害者と同じクラスと、同じ寮の生徒さんには話を聞こうと思っています」

「それだけでも結構な人数がいるぞ」

クラスは三十名程度だが、一つの寮には中等部と高等部あわせて百八十名近くの生徒が暮らしている。一人一人に話を聞いていたら、かなりの時間がかかりそうだ。

「まあ、並行して鑑識の捜査はしますし、司法解剖の結果とかも出てくるので、そっちから情報が出ればと思ってるんですけどね」

「…司法解剖か。まだ結果はわからないのか？」

意味ありげな物言いで尋ねる芙久子に、遠坂は頷きながらも、不審な目で彼女を見た。

「こんなこと、言う必要はないかと思いますが…遊びじゃないので、余計な首は突っ込まないでくださいよ。昨日、反省してたじゃないですか。遺体がクラスメイトだとわかって…」

「もちろんだ。だから、こうして進んで警察に協力している。私たちでできることがあればなんでもするから、いつでも言ってくれ。呼ばれればすぐに飛んでくるぞ」

芙久子の発言に嘘くささを感じ、遠坂は目を眇める。けれど、それ以上は何も言わず、間もなく鑑識課の捜査員が到着して作業を始めるので、邪魔しないように頼んだ。

「ホールだけでなく、この建物内に何かしらの遺留物などがないか捜索するかと思いますので、四階にもお邪魔するかもしれません。その際はよろしくお願いします」

「わかった」

美音璃と紬に協力を仰ぐと、遠坂は職員たちの話を聞きに行ってくると言い、栗藤と連れ立って去っていった。二人が遠ざかり、その姿が見えなくなると、美音璃たちは四階のサロンへ戻った。

紬と葵がお茶を入れるために調理室へ向かうと、芙久子は美音璃に確認した。

「刑事に話を聞かれた時、紬ちゃんの反応がおかしかったが、君は何か隠しごとをさせているのか?」

「……」

舞踏会が終わり、紬がサロンに戻ってきた際、美音璃はいたのかという遠坂の質問に、紬は迷いながら「はい」と答えた。遠坂がどう捉えたのかはわからないが、紬をよく知る芙久子は、嘘をついているのだと気づいた。

紬は素直で純真だ。刑事相手に偽証を貫けるタイプじゃない。遠坂に追及されたらまずいことになる。

「紬ちゃんが戻ってきた時、君はここにいなかったんだろう?」

美音璃はどこかから舞踏会の様子を見たらしいことはわかっている。舞踏会が終わった後、すぐに四階へ戻らなかったのではないかと推測を立てて尋ねる芙久子に、美音璃は困った表情を浮かべ、曖昧に頷いた。

「まあ…うん、そんな感じかな」

「この前は私のダンスを見てすぐに四階へ戻ったと言っていたじゃないか」

「そうだったか?」

「……。紬ちゃんがここへ戻ったのは舞踏会後の歓談タイムが終了する…二十一時少し前のはずだ。私は見送りの務めがあり、紬ちゃんに頼むこともうなかったから帰ってもらった。舞踏会が終わったのは十九時。二時間近くもの間、どこで何をしてたんだ？」

「……」

芙久子から問われた美音璃は答えられず、視線を泳がせ、しばし考えた後、苦し紛れの答えを返す。

「……。寝ちゃって」

「は？」

「舞踏会を見てる間に眠り込んでしまって、起きたら九時近くになってたんだ」

「どこで？」

「……」

何をしていたか、という問いには「寝ていた」と返せても、どこにいたかという問いに美音璃は答えられなかった。言葉に詰まる美音璃を、芙久子は厳しい目で見る。

「何を…隠してるんだ？」

幼い頃からのつき合いだ。芙久子相手に隠しごとは通用しないと、美音璃はよくわかっている。その性格が冷静そうに見えて激しいものであるのも。

黙っているのはまずい。だが、汐路との約束を破るのもまた、まずい。

板挟みになった美音璃が、究極の二択で悩んでいると、円卓の上に置かれていた芙久子のタブレットが着信音を鳴らし始めた。

芙久子は小さく舌打ちをして、タブレットを操作する。相手は桐野江で、事件に関する情報だとわかっているから、そちらを優先しなくてはならなかった。

『芙久子さん。おはようございます。…どうかしたのですか？』

ビデオ通話で芙久子の顔を見た桐野江は、その表情が厳しいのにすぐ気がついた。芙久子は取り繕った笑みを浮かべ、なんでもないと返す。

「それより。何か新たな情報でも入ったのか？」

『はい。司法解剖の結果と…遺体が着ていたドレスについて、興味深い報告が上がってきています』

遠坂は結果はまだだと言っていたが、ごまかしている様子はなかった。桐野江は現場の刑事である遠坂よりも早く、情報を入手できる立場にあるらしい。

『まず、司法解剖の方ですが、死因は心筋梗塞だそうです』

「え…？」

「心筋梗塞って…病気だったのか。委員長は」

あまりに想定外だったため、芙久子は虚を突かれてフリーズする。その横で話を聞いていた美音璃は、驚きを口に出した。

『美音璃さんもいらっしゃるのですか』

その声を聞いた桐野江は律儀に「おはようございます」と挨拶する。美音璃が「おはよう」と返す間にフリーズの溶けた芙久子は、「では」と真剣な表情で桐野江に問いかけた。

「では、あのナイフは…？　委員長は死んだ後に刺されたというのか？」

『そのようですね。そのために出血量が少なかったのでしょう。現場では殺害されたのは別の場所ではないかという疑いも持っていたようです』

「どうしてそんな真似を？」

芙久子から聞かれた桐野江は、困った顔になって「わかりかねます」と答える。芙久子も思わず呟いてしまっただけだったので、「すまない」と詫びて、他に何か気になる点はないかと聞いた。

桐野江は入手した資料を見て、記載されている所見を読み上げた。

『被害者は以前から体調に異変を感じていたのではないかと記されています。学校で健康診断はしますよね？』

「もちろんだ。ただ…毎年、六月に行われるから、今年の健康診断は受けていない」

『ああ…今年受けていたらわかっていたかもしれませんね。残念です。他は…特に気になる点は見当たらないかと思われます。それよりも、僕が気になるのはドレスの鑑識結果です』

ドレスは芙久子や美音璃も疑問に思っていた。藍那が着ていた、オレンジ色のドレスは…。

「何が気になるんだ？」

『あのドレスを詳しく調べたところ、二種類の血痕と、二種類の刺した跡が見つかったそうなんです』

「…？　二種類の血痕…ということは、犯人の血痕が残っていたということか？」

『いえ。一つの血痕はかなり古いもので…かなり広範囲に付着していたようです。ドレスそのものも古く、恐らく、過去にあのドレスを着て刺された被害者がいるのではないかと』

「待ってくれ」

頭の回転が速い芙久子でも、すぐに理解するのは難しい、複雑な内容だった。考え込む芙久子の隣で、頬杖をついて話を聞いていた美音璃が、情報を整理する。

「つまり…あのオレンジのドレスを着て刺された人間が別にいて、そのドレスを着て、病気で亡くなった委員長の遺体を何者かが刺した…ってことか？」

「…ドレスは死後に着せられたのかもしれないぞ」

「ああ。そうだな。血の染みがついたドレスを着ようとは思わない」

芙久子が指摘するのに頷き、美音璃は微かに眉を顰める。

『現在、ドレスからサンプルを採取してＤＮＡ鑑定にかけているそうです。新しい血痕の方は香椎藍那さんのものでしょうが、古い血痕の方が…誰のものなのか。血痕の範囲などからも、香椎藍那さんとは違い、刺し傷が致命傷となったのではないかと報告されています』

「そうか…」

桐野江は話を終え、また新しい情報が入ったら連絡すると言って、通話は切れた。そこへ紬と共に葵がお茶を運んできて、桐野江から連絡が入ったのかと確認する。

「ああ…」

「難しそうなお顔つきですね」

「複雑な話になってきたんだよ」

藍那は自殺ではなく、他殺だから犯人を捜したいと考えていたが、単純な殺害事件ではないようだ。

腕組みしたまま黙っている芙久子に代わり、美音璃が桐野江からもたらされた情報をざっと説明すると、血生臭い内容に紬は顔を青くし、葵は怪訝そうな表情を浮かべて「もしや」と口にした。

「この木犀棟にまつわる噂と関係しているのでしょうか…」

「噂…っていうと、例の幽霊が出るっていう?」

雲水寮を出て木犀棟へ移ることになった際、幽霊が出るという噂があると聞かされた。

幽霊にはまだ遭遇していないが、それと藍那の一件がどう関わっているのか。

不思議そうに尋ねる美音璃に、葵は神妙な顔つきで首を振る。

「幽霊ではなくて…それとは違う、別の噂です。真偽ははっきりしないのですが、ここが木犀寮だった頃に…人が殺されたという話を聞いたことがあるのです。木犀寮が廃止されたのはそのせいだと」

声を潜めて話す葵を、芙久子は鋭い目で見る。誰から聞いたのかと確認された葵は、申し訳ありませんと詫びた。

「随分前の話で…正確に誰の話だったかはお答えできないのですが、こちらに入学する前に芙久子様をお連れして、挨拶に来た際に耳にしました。校内を見学しておりました時、確か…当時、勤めておいでだった職員か用務員の方から聞いたと覚えております。ただ、その方は冗談めかして話されたので、本当のことだとは思わず…。芙久子様が入学されてから、そんな話は一切聞かなかったので、冗談だったと思って忘れておりました」

「それがもし、本当だったら？」

「こ…ここで…殺されたのですか？」

恐ろしい話に震え上がる紬に、美音璃は座るよう勧める。紬は大丈夫ですと答え、いつ頃の話なのかと葵に聞いた。

「それはわかりません。ですが、木犀寮が廃止されるより前の話なのは確かですね」

「何十年も前だと聞いたことがある。調べる必要があるな」

「図書館に行けば資料があるんじゃないか」

調べに行こうと誘う美音璃に芙久子は頷く。入れてくれたばかりのお茶を飲まずに出かけるのを紬たちに詫び、代わりに飲むように頼んで、サロンを後にした。


早雲女子学院の図書館は火影寮と捲土寮の東側に位置する、独立した二階建ての建物だ。その隣には事務職員が働く事務棟があり、東門から直接入れるようになっている。

木犀棟から渡り廊下で火影寮に移動した美音璃たちは、一階へ下りて屋外に設けられた通路を通り、図書館へ向かった。

授業は中止となったが、昨日のように自室待機を命じられているわけじゃない。それでも、雲水寮の寮長という立場ある生徒の死が影響を与えているようで、生徒たちは自主的に部屋に籠もっており、人影はほとんど見られなかった。

図書館に入ると、いつも出迎えてくれる司書たちの姿はなく、自由に使用可という貼り紙が残されていた。

「あの刑事から話を聞かれてるのかな」

「かもしれないな。学院に関連する資料は…一階のBの棚だ」

芙久子は受付横に設えられている案内板を読み、足早に目的の棚へ向かう。美音璃はその後ろに続き、静かな館内を見回した。

図書館に来るまで他の生徒を見かけなかったが、ここにも誰もいない。藍那の訃報がそれだけ生徒たちに影響を与えているのだろう。

ずらりと並ぶ書棚の表示を確認していた芙久子は目当ての棚を見つけ、脇の通路へ入る。手前から奥までびっしりと埋め尽くされた本を見て、美音璃は腰に手を当てて嘆息した。

「この中から探すのかい？」

「…寄付した人間の半生記みたいなものばかりだな。そうじゃなくて…学院の歴史的な…」

調べに行こうと言い出したの美音璃だが、大量の本を目にすると疲れてしまっていた。こういうのは芙久子に任せておいた方がいいと考え、そのそばで探している振りを続けていると、「これかな」と言う声が聞こえる。

芙久子が書棚から抜き出したのは、「早雲女子学院開校三百年記念誌」と題された本だった。十年ほど前に出版されたもので、それまでの学院の歴史が記されている。

「木犀寮が廃止されたのは十年以上前のはずだから何か書かれているだろう」

立ったまま本を開き、芙久子は内容を確認し始める。美音璃はその横から覗き込み、さすがに人が殺されたことは書いてないだろうなと呟いた。

「取り敢えず、時期的な背景を確認できれば……あったぞ。木犀寮廃止とある…。…今から三十年前のようだな」

「ということは、事件があったのだとしたらそれよりも前か」

記念誌に付属されていた年表に小さく書かれた数字から廃止時期を特定した時だ。人の足音が近づいてきて、美音璃と芙久子は顔を見合わせた。

図書館の出入り口は開いていたから、他の生徒が入ってきたとしてもおかしくなかった。けれど、その時聞こえた足音は明らかに生徒たちのものではなかった。

ドスドスと踏み鳴らすような荒い足音は男性のものだ。一人じゃない。

美音璃は反射的に芙久子の手を引き、書棚の奥へ向かうと、その陰に身を隠した。隠れなきゃいけない理由はなかったが、虫の知らせ的なものが働いた。

芙久子は困惑した表情で抗議しようとしたが、美音璃に口を塞がれる。通路側を向いている美音璃の目には、書棚の間の通路に入ってくる人影が見えていた。

芙久子もその気配に気づき、息を呑む。互いを見つめて、沈黙を約束しあう。

「……どうするんだ？」

「どうするって…言われましても…」

険のある声で詰め寄る男性の顔には見覚えがあった。教頭の中西《なかにし》だ。もう一人は同じ年頃…六十手前の眼鏡をかけた男性だが、誰なのか、美音璃にはわからなかった。

中西は苦々しげな顔つきで、男性に尋ねる。

「処分したんじゃなかったのか？」

「私はそう聞いてました。見間違いなんじゃないんですか？」

「いや。あれは…確かにあの時のドレスだ」

きっぱりした物言いで、中西が「あの時のドレス」と口にするのを聞いて、美音璃と芙久子は限界まで目を見開いた。

まさかという思いで、二人の会話に耳を澄ませる。

「どうして…今頃になって…しかも、あれを着た死体が見つかるなんて…」

「ですが、今回は殺されたわけではないんでしょう？　自殺と聞きましたが…」

「俺はナイフが刺さってる写真を見たんだ。自殺なんかじゃない」

ナイフが刺さってる…と続けられた言葉で、美音璃たちは確信する。中西と男性が話しているのは藍那の一件で、彼らは何か…重大な事実を知っている。

咄嗟に美音璃が出ていこうとするのを、今度は芙久子が止める。出ていって問い詰めたところで、しらばっくれられたらどうしようもない。

もう少し話を聞こう。視線だけで意思を伝え、頷く美音璃と共にそのまま話を聞く。

「だとしても。自殺としてことを収めるんじゃないんですか。名家というのは自分の子供に関することでも事件になるのを嫌いますからね」

「だったら、再捜査にはならないはずだ」

「心配しすぎですよ。あの時のことを知ってるのは…もう私と教頭だけですし、理事長も代わってるんです。たとえ、本当にあの時のドレスだとしても、私たちさえ黙っていればわかりっこありませんから」

眼鏡の男性は大丈夫だと中西を宥め、「それに」と続けた。

「私も教頭も実際には何もしてないじゃないですか。『知ってる』だけです。黙っているのも、聞かれていないから答えないってだけですよ」

「…まあ…そうだな」

「余計なことは口にせず、静観してるのが一番です」

男性に諭された中西は頷き、大きく息を吐いた。刑事に話を聞かれて動揺してしまったと言い訳し、男性に戻ろうと声をかける。

二人が書棚の間の通路から出ていき、足音が遠ざかっていくと、美音璃と芙久子は様子を窺うようにきょろきょろしながら元の場所に戻った。

美音璃が教頭と話していた男性を知っているかと尋ねると、芙久子は頷く。

「あれは事務長だ。確か…小森《こもり》という名だった」

「へえ。歳は教頭と同じくらいだったから…木犀寮が廃止された時もここにいたんだろうね」

「だろうな。二人とも六十前後だから…当時は三十くらいか。理事長は確か…十年くらい前に代わってるはずだ…」

そう言って、芙久子は手に持っていた記念誌を開く。年表を見ると、理事長が交代したのは十五年前だった。

「前の理事長って今の理事長のお祖父《じい》さんだったよね？」

「ああ。校庭にある、彫像のアレだ」

もう死んでる。そう言って、芙久子は記念誌を美音璃に持たせて、職員名簿を探し始めた。木犀寮が廃止される前年のものと、昨年度のものを見つけて、その場に座り込む。

美音璃も横に座り、ページをめくる芙久子を眺めた。

「さっきの話からすると、やっぱり、殺人事件があったんだな。その時の被害者が着ていたのがあのオレンジ色のドレスで…教頭たちは処分されたと思っていたようだ」

「ということは、事件は隠蔽《いんぺい》されたってことになる」

「やっぱり自殺で片づけられたんだろうか」

「その可能性が高いな」

新旧の職員名簿を見比べていた芙久子は、確かに、現在まで学院にいるのは中西と小森だけだと美音璃に伝える。

「じゃ、あの二人に話を聞くしかないってことか」

「だが、簡単に話すとは思えないぞ」

「聞かれないから答えないだけだって言ってたじゃないか」

「あれは聞かれてもとぼけろっていう意味だ」

「そうなのか?」

聞いたら話してくれるのかと思った。肩を竦める美音璃に苦笑いし、芙久子は立ち上がって職員名簿を元に戻す。

書棚にもたれかかり、腕組みをして座ったままでいる美音璃を見下ろすと、「とにかく」と切り出した。

「教頭たちに話を聞くのは、ある程度情報を集めてからにしよう。まずは許婚殿に三十年前の事件を調べてもらうか」

「自殺者がいたかどうか?」

殺人事件としては立件されていなくても、事故として記録が残っているはずだ。芙久子の言葉に頷いた美音璃は立ち上がり、預かっていた記念誌を書棚に戻した。

木犀棟に戻った芙久子は、桐野江に三十年前の事件について調べて欲しいと頼んだ。過去の事件となると少し時間がかかるかもしれないと言われた通り、その日のうちに桐野江から連絡は入らなかった。

そして、翌日。思いがけない展開が訪れた。

朝食を済ませ、談話室の寝椅子に寝そべって寛いでいた美音璃は、大広間の方から聞こえてくる大きな足音に驚き、起き上がった。何事かと思い立ち上がると、遠坂と栗藤が二人の制服警官を伴い、談話室に入ってきた。

遠坂たちには昨日も会ったが、顔つきが厳しいものであるのが気にかかった。緊迫した雰囲気も感じ、美音璃は微かに眉を顰めて尋ねる。

「何かあったのか？」

「あなたの世話係の…山下紬さんはどこにいますか？」

「紬なら…」

調理室で朝食の片づけをしている…と答えかけた時、本人が姿を見せた。美音璃同様、剣呑な空気をまとわせている遠坂たちに驚いている様子で、「どうかなさったのですか？」と尋ねる。

そんな紬に、栗藤が手にしていたものを見せる。透明なビニル袋に白い布っぽい何かが入っていた。

「これはあなたのものですか？」

目の前に突きつけられたそれを見た紬は「ええ」と頷いた。

「私のホワイトブリムだと思います」

紬が自分のものだと認めたそれは、彼女がいつも頭につけているホワイトブリムだった。今も同じものを結った髪の上に載せている。

紬の返事を聞いた遠坂は「やっぱり」と頷いた。

「どこかで見たと思ったんです。ちょっとお話を伺いたいので、同行願えますか」

願えますかと言いながら、返事を聞く前に、同行してきていた制服警官が紬の両脇を固めていた。動揺して震える紬を見て、美音璃は「待て！」と鋭い声で制止する。

「どうして紬を連れていこうとするんだ？　説明しろ」

「そうだ！」

説明を求める美音璃の声に芙久子の声が被る。全員で振り返ると、葵を連れ立った芙久子が立っていた。

遠坂は芙久子を面倒くさそうな目で見て、栗藤が持っていたビニル袋を取り上げて見せる。

「これが、とある場所から見つかったんです。それで持ち主である山下紬さんに話が聞きたいんですよ」

芙久子によく見えるようにか、それとも、当てつけか。遠坂は大仰にビニル袋をかざし、話を聞くだけだと主張したが、芙久子も美音璃も納得しなかった。

「とある場所ってどこだ?」

「どうして紬ちゃんのブリムを持ってる? 盗んだのか?」

「あのですね……」

盗むわけないだろう…と遠坂は憤然とし、握り締めかけたビニル袋を栗藤へ戻した。話ならここで聞け、連れていく必要なんかない。芙久子はそう訴えた後。

「そもそも任意同行だろう? 令状はあるのか? 容疑は?」

さらに面倒なことを言い出したので、遠坂は天を仰いだ。できれば扱いやすそうな紬を一人にして話を聞きたかったのだが、仕方ないと諦めて説明する。

「これが見つかった場所から、被害者が身につけていたドレスの切れ端が見つかったんです。しかも、一般的に出入りの難しい場所ですから、事情を聞くのは当然だと思いますが?」

そう言って、遠坂は警官に挟まれている紬をちらりと見た。紬の顔は真っ青になっており、首をふるふると横に振る。

「そんな…知りません。私……何も…」

「紬ちゃんは舞踏会の日、私にずっとつき添ってくれていたし、舞踏会が終わってからは美音璃と一緒だった。アリバイは完璧だぞ」

「一般的に出入りの難しい場所…？」

憤然と遠坂に抗議する芙久子に対し、美音璃は表情を曇らせて彼が口にした言葉を繰り返した。その反応に気づいた遠坂は、美音璃が何か知っているのではないかと考え、情報を明らかにする。

「二階に隠し部屋があったんですよ」

昨日、ホールの鑑識作業を終えた捜査員たちは、木犀棟全体の捜索も行った。その途中、レセプションルームがいくつかある二階に、隠し部屋を発見した。

その中を捜索したところ、メイドが頭に飾るホワイトブリムと、遺体が着ていたドレスと同じオレンジ色の布地の切れ端が見つかった。証拠物を持ち帰り、検証したところ、その切れ端はドレスの一部だと確認された。

切れ端と同じ部屋から見つかったホワイトブリムはドレスとは違ってまだ新しいもので、遠坂には見覚えがあった。

美音璃と一緒にいた世話係の紬が、同じようなものを頭につけていた。ゆえに、話を聞きに来たのだが。

美音璃の様子を窺っていた遠坂は、隠し部屋と聞いた美音璃がさっと顔つきを硬くしたのに気がついた。

やはり何か知っているに違いない。遠坂が問いかけようとしたところ、それよりも先に美音璃は「私だ」と申し出た。

「そのブリムは紬のものだが、その部屋に置いてきたのは私だ」

「美音璃様っ…⁉」

「何を…」

紬を庇おうとしているのかと訝しく思い、芙久子は表情を険しくする。そんな必要はないと言いかけた芙久子は、あることを思い出し、息を呑んだ。

舞踏会当日の美音璃の行動には謎があった。頑《かたく》なにどこにいたのかを言わなかったけれど…。

あれは…。

「もしかして…君は…隠し部屋とやらにいたのか…？」

尋ねる芙久子に頷き、美音璃は「だが」と遠坂に向けて否定する。

「ドレスの件は知らない」

「…わかりました。では、宝珠院さんに同行願います。よろしいですか？」

「よくない。美音璃を連れていくなら令状を持ってこい」

「話を聞くだけです」

「話ならここでも聞ける」

美音璃の前に立ちはだかり、芙久子は毅然《きぜん》とした態度で断った。遠坂は困り切った顔で頭を掻《か》き、「じゃあ」と少しキレ気味に美音璃に説明を求める。

「どうしてあの部屋にいたのか、説明してください！」

「できない」

「美音璃？」

遠坂に即答した美音璃を、芙久子は怪訝な表情で振り返り見る。説明すれば遠坂は引き下がるだろう。なのに。

「どうしてできないんだ？」

「約束したんだ」

「誰と？」

続けて聞く芙久子に、美音璃は沈黙を返す。そのまま黙ってしまった美音璃は、頑として口を開かず、遠坂は翌日改めて訪ねてくると言い残して帰っていった。

遠坂たちがいなくなると、芙久子は美音璃を問い質《ただ》した。

「さあ。刑事がいなくなったから話してくれるだろう？」

「誰にも言わないって約束したんだ」

「私にもか？」

「美音璃様…」

怒気を含んだ声で芙久子は詰め寄り、紬は心配そうに呼びかける。芙久子様だけにはお伝えした方がいいのではないですか…と勧める紬にも、美音璃は頷かなかった。

「悪いね、紬。約束を破って迷惑をかけてしまったら申し訳ないから言えないよ」

「誰だか知らないが、私よりもそいつの方が大事なのか」

「どうしてそうなる？」

どっちが大事かという話じゃない。美音璃が呆れ顔で指摘すると、芙久子は「もういい」と拗《す》ねた。

足早にサロンを出ていく芙久子を、葵は慌てて追いかける。美音璃と紬に申し訳なさそうな表情で頭を下げる葵の姿が消えると、美音璃は大きな溜め息をついた。

「困ったな…」

「芙久子様がお怒りになるのも当然です。芙久子様にも言えないなんて…」

「誰にも言わないって約束をしたんだ。芙久子にだけは言うなんて、約束の意味がないじゃないか」

「でも、芙久子様は美音璃様のことを心配しておっしゃってるんですよ。明日、刑事さんたちがまた来て…その、令状とかいうものをお持ちになったら、美音璃様は連れていかれてしまうかもしれないのですよ」

「仕方ないな」

だとしても、約束は約束だ。きっぱり言う美音璃に、紬は溜め息をつく。

「困りましたね…。舞踏会の日…私が帰ってきた時にいらっしゃらなかったのは、どなたかと二階の隠し部屋にいらしたからなのですね？」

「まあ…うん、そうだね」

そのあたりは認めてもかまわないだろうと判断した美音璃は頷き、急展開について考え込む。

汐路に案内されたあの隠し部屋で、ドレスの切れ端が見つかったというのは驚きだ。あの時、すでに部屋のどこかに落ちていたのだろうか。ホールを見てばかりで、室内には目を配らなかった。

思い出そうとしても思い出せず、美音璃は目を閉じて考える。しかし、ホワイトブリムを落としてきたことさえ気づいていなかった美音璃が、部屋の様子を思い出すことは難しく、早々に諦めて溜め息をついた。

芙久子は一度拗ねると長い。いつもならある程度放っておくのだが、事件を解決するためには拗ねさせておくわけにいかない。

どうやって機嫌を取ろうか。昼食を食べた後、寝椅子でうつらうつらしながら考えていた美音璃は、ヘリコプターの音に気がついた。

「……」

学院の敷地近辺は飛行禁止区域となっており、ヘリコプターを含む航空機の音が聞こえることはほぼない。何事かと驚いたのは紬も一緒で、昼食の片づけをしていた調理室から慌てて出てくる。

「美音璃様。なんの音でしょう？」

「ヘリじゃないか」

二人で窓辺に寄ると、校舎の向こう…真正面の空に浮かぶヘリコプターが見えた。機体がどんどん大きくなり、接近してきているのがわかる。

「近づいてきてますよね？　どうかしたのでしょうか？」

「なんらかのトラブルが起きてるような様子はないな」

ヘリコプターは安定して操縦されており、機体のトラブルなどで操縦不能になっている様子には見えない。真っ直《ます》ぐに追ってきたヘリコプターはどんどん高度を落とし、校舎の向こうにあるグラウンドに着陸した。

「おお。下りたみたいだぞ。誰が乗ってるんだろう」

「グラウンドにヘリコプターが着陸するなんて。初めて見ました」

「私もだ」

相当な緊急事態らしいとはわかるが、誰がなんの理由でやってきたのかはわからなかった。木犀棟からは校舎が邪魔になって、着陸したヘリコプターの機体も見えない。

そのうち、芙久子が教えてくれるだろう。呑気に言う美音璃を、紬は困った顔で見る。

「まずは美音璃様が芙久子様のご機嫌を直さなくてはなりませんよ。葵さんにもご迷惑がかかりますから……」

「わかってる。どうしようかなって考えてたところだ」

芙久子の好物でも持っていくか。そんな提案に、紬は大きく頷く。

「そうですね。ちょうどブルーベリーがありますので、ブルーベリーパイはいかがでしょう?」

「いいな。私も食べたい」

紬はお菓子を作るのが上手で、パイやタルトなどは特に美味しい。芙久子も紬のパイが好きだから喜ぶはずだ。

早速作ろうと、調理室へ向かう紬に、美音璃もつき添う。役には立たないが、取り敢えずそばにいて、自分も手伝ったと芙久子にアピールしなくてはならない。

二人で調理室へ入ろうとしたところで、廊下の方から足音が聞こえてくるのに気がついた。紬はぱっと顔を輝かせ、「芙久子様がいらしたのではないでしょうか!」と喜ぶ。

「ご機嫌が直ったのでは」

「パイを焼く手間が省けたな」

芙久子も状況が状況だけに、不承不承やってきたのだろう。怒らせないためにもひたすら下手に出ようと決め、美音璃は紬と共にサロンの出入り口へ出迎えに向かう。

「芙久子様！」

紬の言っていた通り、最初に姿を見せたのは芙久子だった。その後ろには葵がいると思っていたのだが、意外な人物の姿を目にし、美音璃と紬は驚いて息を呑んだ。

特に美音璃は目を見開いたまま固まっており、芙久子はそれを見て、ふんと鼻先から息を吐く。

「君が『約束』した相手に来てもらったぞ」

芙久子と連れ立って現れたのは、許婚の桐野江と、その付添人として美音璃の前に現れた汐路だった。

どうして…と考えると同時に、ヘリコプターが突然現れた意味がわかる。桐野江と汐路が乗ってきたものに違いない。

美音璃は止まっていた息を吐き出し、「芙久子」と呼びかける。どう説明すべきか悩む美音璃に、芙久子は「座って話そう」と提案し、先頭を切って大広間へ向かった。

座って…と言いつつ、芙久子は歩きながら経緯を説明する。

「令状を用意した警察に君を連れ去られても困るからな。許婚殿に事情を説明して、なんとかできないか相談したんだ。そうしたら、なんと。許婚殿の世話係が君と一緒にいたと言うじゃないか」

「世話係?」

「申し訳ありませんでした」

美音璃が芙久子の言葉を確認しようとすると、後ろにいた汐路がすかさず詫びた。

「私のせいで美音璃さんにご迷惑をかけていたなんて…本当にすみません」

「いや。私の方こそ…」

「君は紬ちゃんの名を借りていたんだって?」

「……」

汐路に名前を尋ねられた時、本名を名乗るわけにはいかなかった。紬から宝珠院家の令嬢だということを部外者に知られてはいけないと注意されていたし、なぜメイドの制服を着ているのか説明するのも億劫で、紬だと嘘をついた。

美音璃は苦笑して肩を竦め、汐路と桐野江に迷惑をかけたのを詫びた。

「本当のことを話すわけにはいかなかったんだ。結果的に嘘をついてしまいすまない。許婚殿にもこんな形で迷惑をかけて、申し訳ない」

「いえ。汐路が途中でいなくなったのは知っていたのですが、まさか美音璃さんと一緒にいたとは…。僕にも秘密にしていたんですよ」

「坊ちゃまに迷惑をかけてはいけませんから」

「……」

汐路が「坊ちゃま」と呼びかけると、桐野江は少し顔を硬くした。それを目にした美音璃は不思議に思いつつも、芙久子が「世話係」と汐路を呼んだのを納得する。

付添人と言っていたが、あれは世話係という意味だったのか。なるほどと頷く美音璃に、汐路は円卓の椅子を引いて座るように勧める。

「どうぞ、美音璃さん。先日は宝珠院家のご令嬢とは知らず、失礼いたしました」

汐路は美音璃を座らせ、芙久子にも椅子を引いて勧める。桐野江はその間に自分で椅子を引いて座った。

「…？」

どうも妙だ。何が妙か、はっきりとは言えないのだが、違和感を覚えながら、美音璃は桐野江の後ろに立っている汐路を見る。

目が合うと汐路はにっこり笑う。笑い返すのもおかしい気がして、小さく頷くに留めた。

席に着いた芙久子は、鋭い目で美音璃を見て、「さて」と切り出した。

「約束とやらはもう守らなくてもいいだろう。君の口から説明してくれ」

「話は聞いたんだろう？」

「君の説明を聞きたい」

芙久子の姿を見て、ご機嫌が直ったのかと一瞬でも思った浅はかさを美音璃は恥じる。自分を優先させなかったことを根に持っているらしい芙久子を怒らせないためにも、神妙に口を開いた。

「紬が葵さんの手伝いに出かけた後、寝椅子で昼寝していたら…汐路が現れたんだ」

「坊ちゃまと芙久子さんがこちらで歓談されるかと思い、下見に来たんです」

美音璃の説明に汐路がつけ加える。

「あの日は校外から人が入ってきていたので、宝珠院家の人間だと知られないようにしろと紬に言われたから、メイド用の制服を着ていた。だから、汐路にも紬の名前を教えて、雑用係だと嘘をついた。すまなかった」

「滅相もございません。私の方こそ、結果的にご迷惑をおかけしてしまい、申し訳ありません。美音璃さんを二階の観覧室へ誘ったのは私なんです。そこから舞踏会の様子を見て…色々とお話ししていたらつい長居してしまい、歓談タイムも終わるような時間になっていました。よその使用人と話し込んでいたとなれば、私も坊ちゃまから叱られますし、美音璃さんも都合が悪いと思い、秘密にしていようと約束したのです」

「そうなのか？」

「ああ」

結局は汐路がすべて話したことに芙久子は不満げだったが、納得はしたようだった。

「だったら、言えばいいじゃないか。大したことじゃない」

「でも、誰にも言わないって約束したんだ」

「芙久子さん。美音璃さんを責めないでください。悪いのは私です」

申し訳ありませんでした。何度目かの謝罪を口にし、汐路は深々と頭を下げる。その姿を横目に見て、桐野江が助け船を出した。

「芙久子さん、僕からも許してやってくれるよう、お願いします。美音璃さんも。すみませんでした」

「許婚殿が詫びる必要はない」

悪いのは私に嘘をついた美音璃だ。ねちっこい目つきでちらりと見る芙久子にはやはりご機嫌取りが必要なようだ。そばに来ていた紬と顔を見合わせ、ブルーベリーパイを作ろうと目だけで約束する。

「けど、このためだけにヘリコプターで来たのか？　よく許可が下りたな」

「まあ、そこはなんとでも。それよりも、芙久子さんに昨日頼まれた件をお話ししてもよろしいでしょうか」

感心する美音璃に笑って頷き、桐野江は芙久子に報告があると切り出した。芙久子は三十年前に起きた殺人事件に関わりがありそうな事件について、調べて欲しいと頼んでいた。

「その年に自殺者が一名、出ていたことがわかりました。綿矢《わたや》一華《いちか》という、当時高等部三年生で木犀寮に在籍していた生徒です。残っている記録によると、亡くなったのは舞踏会が開かれた日のようです」

教頭の中西と事務長の小森は藍那が着ていたドレスについて「あの時の」と話していた。舞踏会の日に亡くなった綿矢一華という生徒のドレスを思い出していたのだろうか。

「その生徒のドレスはオレンジ色だったのか？」

「そこまでは記録が残っていませんでした。そもそも、自殺として処理されているので、報告書に記載されている内容が少なく…司法解剖の所見には縊死《いし》とありました」

「いしって？」

「首つりだ」

意味がわからず聞く美音璃に、芙久子は低い声で答える。

「だったら…違うんじゃないか。首をつったのなら…」

死因が縊死ならば、ドレスに血痕も残らないはずだ。美音璃の発言に芙久子は沈黙を返す。桐野江は微かに眉を顰め「ただ」とつけ加えた。

「司法解剖の所見を書き換えることはできるので…書類上の記載だけを信じるのはどうか

と思われます」

「教頭たちは『今回は殺人ではない』と話してただろう？　委員長の件と同様に、自殺で処理されたと考えた方が妥当だ」

「そうか。だったら、やっぱり教頭たちに聞いてみるしかないのかな」

「あの二人が素直に話すとは思えないぞ」

「圧力でもかけてみます？」

事実を隠したがっている学校側から情報を得るのは難しいだろうと言う芙久子に、気軽な感じで提案したのは汐路だった。芙久子や美音璃だけでなく、桐野江からも驚きの目で見られた汐路は、ごまかすような笑みを浮かべ「失礼しました」と詫びる。

桐野江は汐路の突飛な発言を庇うように、慌てた様子で「それより」と切り出した。

「亡くなった綿矢一華の同級生を探して話を聞いた方がいいでしょう。早雲ならば過去の名簿も残っていますよね？」

「ああ。図書館にあると思う。取ってこよう」

その情報を持ち帰り、どこにいるかを調べて話を聞いてくると申し出る桐野江に、芙久子は「ありがとう」と礼を言った。

「世話をかける」

「とんでもない。芙久子さんの役に立てるのなら」

桐野江の表情は嬉しそうで、すっかり芙久子に夢中のようだ。親密そうな二人を間近に見られ、満足していた美音璃は、視線を感じる。

なんだろうと思って見回すと、汐路と目が合った。にっこりと笑う汐路に、美音璃は戸惑い気味に微笑みを返す。図書館には生徒以外は入れないので、美音璃は芙久子と一緒にサロンを出た。

階段を下りながら、芙久子は隣を歩く美音璃をちらりと見上げる。

「汐路とは話が弾んだのか？」

「え？…ああ。話し上手なんだ。面白かったし、踊ったりもしたな」

「どこで？」

「例の二階の部屋だ」

そんな広さがあるのかと感心する芙久子に、二人でくるくる回れる程度だと美音璃は答える。

「うまいんだ。たぶん、うちのダンスの先生より、上手だ」

「ほう」

芙久子は目を細めて頷き、それから首を傾げる。

「世話係が名手にしては、許婚殿はさほどうまくなかったな。教えるのは下手なのかもしれないな」

「一生懸命練習したと言ってたぞ。緊張してたんじゃないのか」

「まあな。……」

「…なんだ?」

意味ありげな目で見てくる芙久子を、美音璃は不思議そうに見る。芙久子は含み笑いをして、「なんでもない」と返した。


芙久子たちが図書館で探した名簿を預かった桐野江は、汐路と共に再びヘリコプターに乗って帰っていった。

早雲女子学院では、皐月祭以外に校外から人を招くことはできない。学校側から厳しく注意されるかと思ったが、桐野江が「なんとでも」したのか、とがめられることはなかった。

芙久子と葵も夕方には火影寮へ戻っていき、美音璃はいつものように紬の作った夕食を食べた。

夜も更けた頃、屋根裏部屋へ上がり、美音璃がベッドでだらだらしていると、片づけを終えた紬が入ってきた。

「美音璃様。お休み前に何か飲まれますか?」

「いや、いい。…何をしてるんだ？」

紬は朝が早いので、寝室である屋根裏部屋に来るとすぐにベッドで横になるのだが、珍しく箪笥の前に立っていた。引き出しの中を見ている紬に、美音璃は首を傾げて聞く。

「いえ…ちょっと、明日の用意を…」

そう言いながらも、紬は何か捜しているようだった。なんだろうと思いつつ、美音璃は昼間の話をする。

「けど、今日は芙久子の許婚殿に直接会って話せてよかった。オンラインでは話していたけれど、思っていた通りのお人柄だった」

「私もです！　芙久子様にお似合いで…穏やかで賢そうで、本当によい方でほっとしました。……」

嬉しそうに笑い、美音璃に同意した後、紬は一瞬沈黙した。何か言いかけて黙ったような雰囲気を感じ、美音璃は「どうした？」と聞く。

紬は少し迷った後、「あの方…」と汐路の名前を出した。

「汐路さん…がちょっと気になって」

「…私が秘密にしていたからか？」

「いえ、そうではなくて…。桐野江様の世話係とおっしゃってましたが…その…なんて言うか…」

「ああ。わかる。私も何か変な感じがしていた」

「そうですよね？　一番、私が気になったのは…あの方、美音璃様や芙久子様を『美音璃さん』『芙久子さん』と呼ばれていたじゃないですか。桐野江家では…ああいう感じなんでしょうか…？」

紬の世話係仲間である葵も栞も操も、皆、仕えている相手のことは当然「様」づけで呼ぶし、他のお嬢様にもちゃんと「様」をつける。

「桐野江様のことは『坊ちゃま』と呼んでましたが…」

「私はよくわからないが、そういう家もあるんだろう。それに年も近いようだし、世話係というより学友のような感じで一緒に育てられたのかもしれないぞ」

「なるほど」

美音璃の推測に紬は大きく頷き、すっきりしたというように笑みを浮かべる。気にしすぎですね…と言った後、再び引き出しの中を見て、「やっぱり」と呟いた。

何がやっぱりなのか気にかかり、美音璃はベッドから立ち上がる。紬のそばに行き、その手元を覗き込むと、頭につけるホワイトブリムが並べられていた。

「どうした？」

「…実は…今朝、警察の方がいらしてホワイトブリムを見せられた時、咄嗟《とっさ》に自分のものだと言ったのですが、失《な》くした覚えがないなって…後から思ったんです」

「それは…私が落としてきたからじゃないのか？」

「いいえ。だとしたら、お洗濯する時に気づきます。なので、今確かめてみたら、私が持っているホワイトブリムはここに全部あるんです」

「だったら…」

警察が証拠品だと言っている…二階の観覧室に落ちていたというホワイトブリムは紬のものではないということになる。

では、誰のものなのか？

「芙久子様にお知らせした方がいいでしょうか」

「いや。もう夜も遅いし、明日でいいんじゃないか。どうせ明日もやってくるだろうから、その時にでも話してみよう」

美音璃の言う通り、緊急性が感じられる内容ではない。紬は頷き、数え直したホワイトブリムを引き出しへしまった。

その様子を眺めながら、美音璃は「ならば」とホワイトブリムの持ち主についてぼんやり考えていた。

翌日。美音璃は朝食を食べた後、紬を木犀棟のサロンに残し、一人で火影寮を訪ねた。

一晩考え、やはりそれしかないと辿り着いた答えは、紬にはあまり教えたくないもので、彼女のいないところで芙久子に相談しようと思った。

渡り廊下を通り、二階から寮長が暮らす四階へ上がろうとしたところ、階段を下りてくる芙久子に出会した。

「奇遇だな」

「ちょっといいか？」

芙久子には葵がつき添っていたが、二人で話したいと伝え、葵には四階へ戻ってもらった。美音璃は芙久子と共に一階へ下り、校庭へ出ようとしたところ、行きたいところがあると告げられる。

「どこへ行くんだ？」

「許婚殿から連絡があったんだ。それで君を誘いに行こうとしていた」

「温室だ」

芙久子の答えは考えてもいなかったもので、美音璃は目を見開く。

「温室って…」

そんなものが校内にあったかと考える美音璃に、芙久子は場所を教える。金環寮の南東…敷地の外れにある温室には、授業で訪れたことがあるじゃないかと言われても、美音璃の記憶には残っていなかった。

「そうだったかな。けど、どうして温室に？」

「そこで働いている人物に会いたいんだ」

芙久子は詳細を告げず、歩きながら美音璃の用を聞く。二階の隠し部屋で見つかったホワイトブリムは紬のものではないようだと報告する美音璃を、芙久子は微かに眉を顰めて見た。

「じゃ、君が落としてきたんじゃないのか？」

「みたいだ」

「自分で置いてきたって言ってたじゃないか」

「あれは…紬じゃないなら私だと思ったんだ」

「覚えてないのに名乗り出たのか？」

信じられないとはっきりとした皺を眉間に刻む芙久子に、美音璃はごまかし笑いを向ける。芙久子の批難を避けるために、詳しい状況を説明した。

「あの部屋にいたのは確かだし、紬のブリムをつけてもいたから、私だろうと思ったんだ。でも、昨夜、紬が自分の所有しているブリムを数えたら全部揃ってると言うんだ」

「じゃ…警察が持ってる証拠品のブリムは紬ちゃんのものじゃないのか」

「紬はちゃんとしてるから数を間違えることはしないと思う。昨日、刑事はビニル袋に入れたものをさっと見せただけだったから、ちゃんと確認したわけじゃなかったんだ」

「だったら…」

隠し部屋に落ちていたという、警察にある証拠品は誰のものなのか。確認しなくてはならないな…と呟く芙久子に、美音璃は紬には言いたくなかった自分の考えを打ち明ける。

「紬のものだと確認はしなかったが、見た目で誤解するほど似てたんだ。だから、メイドがつけるホワイトブリムには違いないと思う。あの刑事も紬がつけていたのを見てたから、紬が落としたんだと決めてかかっていたし。…だから…」

美音璃がそこまで言った時点で、芙久子には彼女の考えが読めた。

「…校内でメイドの制服を着ているのは各寮の寮長に仕える世話係だけだ」

「ああ」

頷く美音璃に、芙久子はさらに続けようと口を開きかけたが、話している間に温室に着いていた。「後にしよう」と言い、温室のドアを開ける。

早雲女子学院の温室は創立当時からあり、軽井沢へ校舎が移った際に移築された歴史あるものだ。亜熱帯の植物や希少種のランを多く栽培している温室には、中等部の授業で何度か訪れることになっている。

中に入った美音璃は「思い出した」と手を叩いた。

「美術の授業で来て花の絵を描いたな?」

「それだけじゃないけどな」

メインで来たのは理科の授業だ…と芙久子が呆れ気味に返すと、女性の声がした。

「見学ですか?」

背丈の高いシダ植物の陰から姿を見せたのは、眼鏡をかけ、長い髪を一括《ひとくく》りに縛った女性だった。エプロンをつけ、肘まで覆う作業用の手袋をしている。

「職員の國武《こくぶ》さんに会いたいんですが」

「國武は私です」

「火影寮寮長の五百城です。少々、お話を伺いたいのですが」

笑みを浮かべて名乗った芙久子を、國武は訝しげに見た。迷うような素振りを見せたが、体のいい断り文句が浮かばなかったようで、渋々、「こちらへ」と案内する。

多くの植物が生き生きと育つ通路を抜け、奥まで進むと突き当たりにドアがあり、國武はそれを開けた。ドアの向こうは職員用の事務室らしき場所で、事務机やテーブルなどが置かれていた。

円形のテーブル横に置かれた二脚の椅子を美音璃と芙久子に勧め、何か飲むかと聞く。

「大したものは出せませんが…コーヒーくらいなら」

「結構です」

「私は飲みたいです」

断った芙久子の隣で、美音璃は手を挙げて応える。朝食の時に紬が入れてくれたが、考えごとをしていたので、ほとんど口をつけなかった。

挙手する美音璃に苦笑し、國武は断りを入れる。

「インスタントなので美味しくはないですけど。宝珠院さんのお口に合うかどうか」

「私を知ってるんですか？」

「この学院であなたたちを知らない人間などいないと思いますよ」

驚く美音璃に苦笑を返し、國武は電気ケトルのスウィッチを入れ、マグカップを二つ用意する。インスタントコーヒーの粉をそれぞれに入れながら、芙久子に用件を聞いた。

「お二人揃って訪ねてこられるなんて、心当たりがなさすぎて怖いです。今日も授業は中止されると聞きましたけど」

「その中止理由にまつわる話です」

木犀棟で見つかった藍那の遺体に関係しているのだと芙久子が伝えると、國武は表情を引き締めた。けれど、人の死にまつわる話題だからといった程度の緊張感で、自分にどんな関係があるのかは想像がついていないようだった。

電気ケトルの湯が沸き、國武はマグカップにそれを注いでスプーンで軽く混ぜる。両手に一つずつマグカップを持つと、テーブルの上に置いた後、事務用の椅子を引いてきて座った。

「どうぞ。…それでなんの用ですか？」

「先生…と呼んだ方がいいですか？」

「いえ。私はただの職員ですから。國武さんで」

「では。國武さんは三十年…以上前になると思いますが、早雲女子学院の生徒として木犀寮にいらっしゃいましたね？」

確認するような物言いで尋ねられた國武は、息を呑み、芙久子を凝視した。

綿矢一華の同級生を探してみると言い、名簿を持ち帰った桐野江から朝一番で連絡が入った。灯台もと暗し。学院内に当該人物がいると聞き、芙久子は驚いた。

姿勢よく椅子に腰掛けた芙久子は、真っ直ぐに國武の視線を受け止める。凜《りん》とした芙久子の顔立ちをしばし見つめた後、國武は息を吐き出した。

「…どうして知ってるんですか？　履歴書にも書かなかったのに」

「驚かせてすみません。恐らく、ご事情があってこちらにいらっしゃるんですよね。誰にも言いませんし、秘密は守りますから、教えて欲しいことがあるんです」

國武は真剣に頼む芙久子を見つめて、困ったように眉を顰める。

國武にとって、早雲女子学院に在学していた事実は、誰にも知られたくない秘密だった。

早雲女子学院の卒業生のほぼ全員が良家に嫁ぎ、子を産み、良き妻、良き母として生涯を終える。

社会に出て働くことはまれで、特殊な事情を抱えてやむにやまれず働きに出るパターンがほとんどだ。嫁ぎ先が没落したり、なんらかの問題があって子供を置いて離縁したり…。

知られたくない事情を抱える國武は、溜め息交じりに芙久子の申し出を受けた。

「何を…知りたいんですか？」

「國武さんが早雲にいらした当時、舞踏会の後に自殺した生徒がいましたよね？　綿矢一華という、木犀寮にいた生徒です。彼女のことを覚えていませんか？」

綿矢一華の名前を耳にした途端、國武は表情を明らかに変えた。先ほどよりも緊張感の増した顔には、激しい動揺が見られた。

「覚えていますけど…なぜ、五百城さんが彼女のことを？」

「まだ公表されていないのですが、委員長…いえ、先日発見された香椎藍那さんの遺体は古いドレスを着ており、そのドレスは綿矢一華さんのものではないかと見られています」

「…！」

芙久子が伝えた内容に、國武は衝撃を受けて口元を押さえる。そのまま硬直してしまった國武に、芙久子は綿矢一華のドレスの色を覚えていないかと聞いた。

「綿矢一華さんのドレスはオレンジ色ではありませんでしたか？」

「……」

國武は声を出せず、頭だけを動かして認める。様々な思いが去来しているらしく、視線を忙《せわ》しなく動かし、惑う彼女に、芙久子は質問を続けた。

「綿矢一華さんの死は自殺だったとされ、警察にもそういう資料が残っています。ですが…殺されたのではないかと、私は考えています。そんな噂は流れていませんでしたか？」

「……」

國武は再び無言で頷いた。目を閉じ、鼻から深く息を吸い込んでから、口元に当てていた手を離した。

「…あの頃…皆が自殺ではないと話していました。というのも…綿矢さんは教師とつき合っているという噂があって…その教師も同時にいなくなったので…何かあったのだと」

「教師と…って、名前は覚えていますか？」

「ごめんなさい。そこまでは…覚えてなくて…でも、綿矢さんのドレスがオレンジ色だったのは記憶に残っています。舞踏会で彼女は隣の席で…ずっと泣いていたんです。許婚の方も困ってらして…緊張や、男の方への戸惑いから泣き出す方はいらっしゃいましたが、綿矢さんの涙はちょっと違っていました。…なので、心中だったのではないかと…想像したりしていました」

「心中…」

聞き慣れない言葉に驚き、美音璃が繰り返した声が響く。國武は俯いて額に手を当てて、

「どうして」と呟く。

「綿矢さんのドレスが…今頃…」

「それはわかりません。でも、心中だというのは…ちょっと想定外でした」

「子供の想像ですからね。真実はわかりません」

あくまで想像だと言い、國武は息を吐いてコーヒーを飲んだ。マグカップを置き、「ただ」とつけ加える。

「あの頃は誰もが小さなことを悩みがちでしたから。許婚と結婚するのが当たり前だと思っていた私と違って、好きな人がいたのだとしたら、相当に苦しんだのだと思います」

呟くように言った後、國武は顔を上げた。はっと気づいたような表情を浮かべ、「ごめんなさい」と美音璃に詫びる。

「そういえば…宝珠院さんは大変なんですよね。舞踏会にも…出られなかったとか」

「はい」

「大丈夫ですか？」

「私にはどうにもできないことなので」

知らせを待つしかないと答える美音璃の顔に悲壮感はまったくなく、國武は拍子抜けしたようで、ぎこちなく頷いた。

國武からそれ以上の情報は得られないと考えた芙久子は暇《いとま》を告げた。美音璃は慌ててコーヒーを飲み、「ごちそうさまでした」と礼を言う。

「美味しかったです」

「お口に合ったならよかったです」

微笑む國武に再度頭を下げ、美音璃は芙久子と共に事務室を出た。温室で咲く鮮やかな色の花々を眺めながら歩き、外へ出る。

温室から十分離れたところで、美音璃は芙久子に國武の事情を尋ねた。

「早雲の生徒だったのにどうしてあそこで働いてるんだ？」

「結婚後、三人子供を産んだが、ご主人の暴力に耐えかねて離縁したらしい。子供の親権は放棄しない限り父親が持つと決まっている。彼女は一人で実家に戻ったが、出戻りには厳しい世の中だ。実家にもいられなくなり、働いて自活することを選んだ。人促法では三人産めば、女性に職業選択の自由を与えるという条文があるが、特別な資格や才能でもない限り、女性の就職は難しい。早雲女子学院では良き妻良き母になるための教育しか受けさせてもらえないしな。世間も狭いから、母校の求人に応募するくらいしかなかったんだろう」

「そうか…」

厳しいな…と呟く美音璃が、現実をわかっているのかいないのか、芙久子には判別がつかなかった。今現在、一番大変なのは美音璃だ。

「時々、君の性格がうらやましくなるよ」

「本当に？」

芙久子にうらやましがられることがあるとは。ふふっと笑った後、美音璃は真面目な顔になって、「もしも」と口にした。

「結婚した後に芙久子の許婚殿が豹変《ひょうへん》して、暴力を振るったりしたら、真っ先に私に言えよ」

「どうして？」

「私が殴り返してやる。体格と体力は芙久子よりも勝っている。鍛えておくよ」

「頼もしいな」

期待してると言い、芙久子は「図書館へ行こう」と美音璃を促した。

図書館で事件のあった年度と、次年度の職員名簿を手に入れた芙久子は、それを火影寮へ持ち帰り、桐野江に連絡を取った。

事件の翌年、退職するなりして名前の消えていた教師の足取りを調べて欲しいと頼むと、桐野江は了承してから國武に話は聞けたのかと確認した。

「ああ。やはりあのオレンジ色のドレスは綿矢一華のもののようだ。國武さんは舞踏会で彼女の隣にいたらしく、印章に残っていたと話してくれた。それと。綿矢一華は教師と恋愛関係にあるという噂があって、心中したのではないかと考えていたらしい」

『それで…』

教師を調べたいという芙久子の意向を納得し、桐野江はすぐに取りかかると言って通話を切った。隣で話を聞いていた美音璃を見ると、気怠《けだる》げな表情で頬杖をついていた。

何か飲むかと尋ねる芙久子に、掌に乗せたままの小さな頭を横に振る。

「さっき飲んだばかりだ」

「では、私はお茶を貰おう」

そばに控えていた葵が芙久子のリクエストを聞いて用意に向かう。その姿が離れると、芙久子は美音璃が物憂げにしている理由を指摘した。

「ホワイトブリムの件か」

「…やはりどう考えても『彼女』しか思い当たらなくて」

「私もだ」

お互い、同じ人物を頭に思い浮かべている。ただ、どういう事情があるのかはさっぱり見えていなくて、芙久子はもう少し情報を集める必要があると言った。

「闇雲に追及しても知らないと言われてしまったら終わりだからな。三十年前の事件とどう繋がっているのか」

「繋がってるのかな」

「そうとしか考えられない」

断言する芙久子に、美音璃は「そうか」と相槌を打つ。その様子は明らかに元気がなくて、よくない結果を想像しているのだと思われた。

「君が気に病む必要はないよ」

「わかってる」

頷く美音璃の横で、芙久子はしばらく黙っていた。熟考している様子の芙久子を横目に見て、美音璃は何か企《たくら》んでいるのかと聞いた。

「たくらむ、というのは聞こえが悪いな」

「計画する…ってのとはちょっと違うんだろう？　そんな顔だ」

「どんな顔だ」

肩を竦めて、芙久子はテーブルについている美音璃の肘の隣に自分の肘を置き、顔を近づけた。

「相談なんだが」

至近距離から小声で持ちかける芙久子を美音璃はじっと見つめる。長いつき合いだ。芙久子が言い出しそうなことは想像ができて、乗り気はしないと、先に断った。

「だが、このままにしてはおけないだろう。警察がおかしな誤解をして気の毒な結果になってしまうことだけは避けたい」

「……」

「紬ちゃんのフォローは私がする」

優しく慰めるから。意味ありげな笑みを浮かべる芙久子に、美音璃が呆れた視線を返すと、葵がお茶を運んできた。いらないと言った美音璃の分もテーブルに置き、お茶請けに上生菓子を添える。

「いただきもののわらび餅《もち》です。美音璃様、お好きでいらしたと思いまして」

「ありがとう」

本蕨粉《ほんわらび》を練り上げたもっちりとした生地にきな粉をまぶしてある上生菓子はとても美味しそうで、美音璃は礼を言って漆《うるし》塗りの銘々皿を引き寄せる。黒文字を使って食べようとした時、部屋の電話が鳴り始めた。

すぐに電話に近づき、受話器を取り上げた葵は、短い会話を交わした後、芙久子に報告した。

「芙久子様。紬さんからで、刑事さんたちが木犀棟にお見えだそうです」

「すぐに行くと伝えてくれ」

即座に立ち上がった芙久子の隣で、美音璃は黒文字を刺したわらび餅を口へ放り込む。もぐもぐと口いっぱいに頬張って、葵に礼を言い、歩き出した芙久子に続いた。

任意同行には応じない、令状を用意しろと迫る芙久子に観念し、帰っていった遠坂は再訪すると宣言していた。わらび餅を飲み込み、令状を持ってきたのかなと首を傾げる美音璃に、芙久子は「だとしても」と力強く拳を握る。

「紬ちゃんのものではなかったんだ。絶対、連れていかせない」

「連れていかれるのは私じゃないのか？」

どっちでも同じだと言い、芙久子は足を速める。渡り廊下から木犀棟へ入り、四階まで階段を駆け上がってサロンに入ると、不安げな顔の紬が、遠坂たちと共にいた。

「美音璃様！　芙久子様！」

「大丈夫か？　紬」

「紬ちゃん、怖かっただろう？　何をしたんだ、貴様ら」

「何もしてません！」

頭から疑ってかかる芙久子に、遠坂は両手を挙げてみせる。紬も一緒に待っていただけだと遠坂たちを庇った。

「それと。警察がお持ちのホワイトブリムは私のものではないというお話をいたしました」

遠坂は紬に感謝するような目を向けてから、芙久子と美音璃に言い訳めいた説明をする。

「紬さんがお持ちのものは全部揃ってるって話なんですが、それが本当なのかどうか、証明できますか…って聞いてたんです。本人が全部あるって言っても、こっちは確認する術《すべ》がありませんからね」

遠坂の言うことはもっともで、紬が嘘をついていたら証言は成立しない。芙久子は鼻先から「ふん」と息を吐き、遠坂を睨みつける。

「だったら、逆に警察が押収したホワイトブリムが紬ちゃんのものだと証明してみせたらどうだ」

「いや、そのあたりを確認しようと思って、同行してもらおうと……いえ、もう、この件はいいんです。今日はお二人と腹を割って話したいと思って来ました」

遠坂は自分を睨んでいる芙久子と、その隣に立っている美音璃を、諦めを浮かべた顔で見た。令状を持ってこいと言われ、上にかけ合ったところ、邪魔が入ったのだと打ち明ける。

「それだけじゃなく、司法解剖の結果も、鑑識の報告も、現場よりも先にどこかへ流れてるらしいのがわかったんです。お二人には…心当たりがあるんじゃないですか？」

渋面で尋ねる遠坂に、美音璃は首を横に振って、芙久子を見る。腕組みをして仁王立ちした芙久子は、不敵な笑みを浮かべた。

「心当たり？」

「あのですね…これは遊びじゃなくて…」

「遊んでるつもりなんかまったくないぞ。私たちは委員長が病死だとしても、どうしてあんなふうに…」

「どうして『病死』だと知ってるんですか？」

大きな溜め息をついて、遠坂は尋ねる。香椎藍那の死因については学院の関係者にはまだ伝えていない。芙久子たちがなんらかの手段で捜査情報を入手しているのはわかっていたが、こうして確定すると気抜けしてしまう。

遠坂に聞かれた芙久子は美音璃と顔を見合わせた。美音璃は肩を竦めて、話してしまってもいいんじゃないかと助言する。

「その方が早く解決すると思うよ」

「そうだな。…そちらの言う通り、私はある方法で情報を集めている。おおよその筋書きも見えてきたし、警察の力も必要ではある」

教えてやろう。女子高生に上段からかまえられるのはいい気がしなかったが、芙久子の家柄を鑑みると、勝てる相手ではない。遠坂はすべてを飲み込み、苦渋の滲んだ顔つきで「お願いします」と降参した。

そうして芙久子から聞かされた内容は、「折れる」選択をして正解だったと思わせるようなものだった。遠坂はその捜査力に驚きながらも、協力態勢を取ることを約束した。

再び、早雲女子学院のグラウンドにヘリコプターが舞い降りたその日。木犀棟のサロンには各寮の寮長と世話係、遠坂たち警察、桐野江とその世話係である汐路が勢揃いした。

いつもの円卓に椅子を増やし、芙久子の隣に桐野江が座る。雲水寮の寮長席には美音璃が着き、遠坂たちは円卓を見渡せる位置で立ったまま、待機した。

捲土寮の沙也佳と金環寮の波留乃は、藍那の件で動揺している寮生たちへの対応を話し合うためにお茶会を開きたいとして、集合をかけられた。

サロンにやってきた二人は、大広間に芙久子の許婚である桐野江や、警察がいるのを見て、硬い表情を浮かべる。

「寮長だけの集まりではなかったのですね」

「ああ。舞踏会では見かけただけだろうから改めて紹介しよう。私の許婚殿だ」

「桐野江です」

にこやかに笑みを浮かべて挨拶する桐野江に、沙也佳と波留乃は挨拶を返したが、その顔には困惑が滲んでいた。校外の人間が学院内へ足を踏み入れられるのは皐月祭だけだ。それなのにどうして…と疑問を持つ沙也佳たちに、芙久子は説明する。

「委員長の死について調べるために許婚殿に協力してもらったんだ。ここにいては調べられることにも限界があってね」

「では…真相がわかったのですか？」

「自殺じゃないっておっしゃっていた件ですね？」

沙也佳と波留乃に聞かれ、芙久子は深く頷く。まず、死因は病死だったことを伝えた。

「司法解剖の結果、心筋梗塞で亡くなったことがわかった」

「えっ…藍那様、心臓がお悪かったんですか？」

「二年生までの健康診断の結果に、前兆などは見られなかったから、自覚はなかったはずだ。ただ…舞踏会のダンスの途中で倒れただろう？　あの時、すでに体調に変化が出ていたのかもしれない」

藍那は紬と栞につき添われて医務室を訪れたが、緊張による貧血の類《たぐ》いだとしてしばらく休んだ後に舞踏会の会場へ戻った。持病として認識していなかったため、心臓に原因があるとは誰も思わなかった。

「ただ…倒れて亡くなっただけなら、ここまで騒ぎも大きくならなかった。香椎家も自殺だと片づける必要もなかった。病死なのだからな。問題は…沙也佳と波留乃には伝えていなかったけれど、委員長の遺体は舞踏会用のドレスを着ていたんだ」

「ドレスを…なぜ？」

「舞踏会が終わった後に着替えなかったのですか？」

不思議そうに尋ねる二人に、芙久子は遺体が身につけていたドレスは藍那のものではなかったと教える。

「それに…ショックを受けるかもしれないんだが…委員長の遺体にはナイフが刺さってい

たんだ」

「ナイフ…！」

「え…でも、病気で亡くなられたのだと…」

ナイフと聞いて沙也佳は顔を青ざめさせ、波留乃は眉を顰めて心筋梗塞ではなかったのかと確かめる。芙久子はそれに頷き、改めて、藍那が発見された当時の状況について触れた。

「舞踏会翌日の早朝。ここ、木犀棟一階のホールで、舞踏会用のドレスを着た委員長の遺体が、ナイフを突き立てられた状態で発見された。当初から出血量の少なさなどを見て、刺されたことが死因ではないだろうと考えられていたが、解剖によりそれが裏づけられた。つまり、委員長は亡くなった後にナイフを刺されたと推測される…」

誰が、どうしてそんな真似をしたのか。

「委員長は舞踏会が終わった後、実家へ帰ることになっていた。ドレスから制服に着替え、待合室で待っていた両親と共に一度は学校を離れている。しかし、戻ってきた。夜遅かったせいもあり、雲水寮での目撃証言は得られなかったから、委員長が雲水寮で倒れたのか、木犀棟で倒れたのかはわからない。恐らく、二十三時頃から、発見された五時過ぎまでの間に、校内のどこかで亡くなった」

「たぶん、木犀棟だろうね。遺体を動かすのは大変そうだ」

美音璃がつけ加えるのに頷き、芙久子は「ならば」と続けた。

「どうして委員長は木犀棟にいたのか。その理由はわからないので、ひとまず置いておこう。疑問はたくさんあるからね。次は委員長が着ていたドレスだ。遺体が着ていたドレスはオレンジ色だった。沙也佳も波留乃も覚えていると思うけど、舞踏会の日、委員長はマリンブルーのドレスを着ていただろう？」

「ええ。鮮やかなブルーでしたわ」

「シンプルなAラインがよくお似合いでした」

「舞踏会用のドレスは予備を作ることが禁じられている。過去に過剰な競い合いがあったせいでね。だから、委員長もあの一着しか持っていなかったはずなんだ。なのに、遺体が着ていたのは違うドレスだった。しかも、それはかなり古いものだった。その上、委員長のものではない、別人の血痕が付着していた」

別人の血痕と聞き、沙也佳と波留乃は顔を顰める。理解が追いつかないのも無理はない。なぜ…と口にしそうな二人に、芙久子は取り敢えず、最後まで聞いてくれと頼んだ。

「私も美音璃も、さっぱり意味がわからなかった。委員長のドレスでないのはわかったけど、まさかそれが三十年も前の事件に関係したものだとは思わなかったからね」

「三十年前…？」

「三十年前にも同じように舞踏会の後、自殺した…いや、自殺したとされた生徒がいたんだよ」

美音璃は芙久子の言葉を引き継ぎ、怪訝そうに呟いた沙也佳に教える。芙久子は桐野江に調査した結果を報告して欲しいと頼んだ。桐野江は頷き、「では」と口を開く。

「僕が芙久子さんに頼まれて調べたところによると、三十年前、早雲女子学院で、綿矢一華さんという生徒が自殺したという資料が警察に残っていました。司法解剖の結果は縊死…首を吊ったことにより亡くなったとされていましたが、現場の詳しい状況などについては一切記されていませんでした。恐らく、今回の件と同様に、生徒の家側が自殺で処理することを希望したのだと思われます。彼女は本当に自殺したのかどうか、当時の同級生を探して話を聞いたところ、心中だったのではないかと囁かれていたことがわかりました」

桐野江が心中という言葉を口にした直後、小さく息を呑む音が響いた。

桐野江の話し声以外しなかった大広間に聞こえたそれは、沙也佳の後ろに立っていた琹が発したものだった。口元を押さえた琹は真っ青で、ふらりと立ちくらみを起こす。

倒れかけた彼女を、近くに立っていた汐路が腕を伸ばして支えた。

「大丈夫ですか？」

「…すみません。失礼いたしました」

「恐ろしい話だから貧血を起こしたのね。琹、向こうで座っていいわよ」

主人である沙也佳に着席を勧められたが、琹は首を横に振って断った。大丈夫です…と答え、姿勢を正す栞を、芙久子と美音璃はじっと見つめていた。

「申し訳ありませんでした。私にかまわず…どうぞ話の続きを…」

栞から促された桐野江は頷き、話を続ける。

「無理はしないでくださいね。…心中という話は、元々、綿矢一華さんが教師と恋仲にあったのではないかという噂があり、そこから出てきたようです。話を聞かせてくれた同級生は相手が誰なのかはご存じなかったので、同じ頃に退職した教師がいないか探してみると、該当しそうな人物が見つかりました。天野伸輔《あまのしんすけ》という数学の教師で、当時の年齢は二十六歳。本人から話を聞けないか消息を追ったのですが、残念ながら、退職後間もなく亡くなっていました。…こちらは自殺だったと、ご家族の確認が取れています」

天野伸輔については、その素性が明らかになってすぐ、芙久子と美音璃は桐野江から報告を受けた。舞踏会直後に早雲女子学院を退職し、実家に戻り、半年ほど引きこもった後、自室で首を吊っている。

遺書はなく、退職理由について家族には何も話していなかった。よって、綿矢一華の死に彼が関わっているのかどうか、確認は取れていない。

桐野江の報告に礼を言い、芙久子が話を引き継ぐ。

「二人は本当につき合っていたのか、綿矢一華は自殺ではなかったのか。謎はいくつも残っているが、委員長が着ていたドレスは綿矢一華のものだと考えられる。同級生が綿矢一華はオレンジ色のドレスを着ていたのを覚えていたし…そろそろだな」

話している途中で、芙久子は壁にかけられている時計を見た。何がそろそろなのか、沙也佳と波留乃は不思議そうな表情を浮かべる。

そこへ近づいてくる足音が聞こえ、遠坂たちが出迎えに向かう。芙久子は新たにサロンに現れた二人を「ようこそ」と歓迎した。

「ご足労いただいて申し訳ない」

座ったまま背後を振り返り、にやりとした笑みを浮かべて相手を見る芙久子の態度は、言葉とは裏腹なものだ。その場に揃った面々を見て、戸惑っているのは、教頭の中西と事務長の小森だった。

「五百城さん、これはどういうことですか？　宝珠院さんのことで相談があるというので来てみたら…」

「ああ、すみません。それは来ていただくための口実です。どうぞおかけになってください」

円卓から少し離れた壁際に、丸椅子が二つ並べられていた。遠坂と栗藤に促され、中西と小森は渋々腰掛ける。両脇を刑事に固められ、中西は不満を訴えた。

「一体、なんなんですか。これは…」

芙久子は中西を相手にせず、遠坂に「お願いします」と声をかける。遠坂は頷き、出入り口近くにいる制服警官に合図した。

すると、別室に用意されていたものが運ばれてくる。証拠保全のために透明なビニルで包まれた…オレンジ色のドレスだった。

それを見て、沙也佳と波留乃は恐怖に怯えて息を呑んだが、中西と小森も同じように顔を強張らせた。

「沙也佳たちにショックを与えるようなものを見せてしまってすまない。けど、どうしても必要なんだ。…教頭と事務長、これに見覚えがありますよね？　委員長…香椎藍那が着ていたもの、としてではなく、三十年前に自殺したとされている綿矢一華が着ていたものとして、覚えているはずです」

断言する芙久子に、中西と小森は沈黙を返す。その反応から知っているのは間違いないと思われた。それに、図書館で二人の会話を聞いた芙久子と美音璃には確信があった。

黙ったままの二人に、美音璃が問いかける。

「事務長は『聞かれていないから答えないだけだ』って図書館で言ってましたよね？　だから、聞いてみようって提案したんです」

「図書館って…」

「あの時、そばにいたんです。隠れててすみません」

悪びれた様子もなく、美音璃は微笑んで詫びる。話していたのを聞かれたと知った二人は動揺し、互いの顔を見合った。

責任をなすりつけあうような視線のやりとりを呆れた目で見て、芙久子は話さない方がまずいと教える。

「私たちは綿矢一華は自殺したのではなく、殺されたのではないかと考えてるんです。殺人事件にお二人が関わっているとなれば…」

「関わってなんかいない！　何もしていない！」

「そうですよ。あのドレスだって処分されたと思っていたんですから…」

「誰が処分したんですか？」

ごまかすことを許さない強い調子で尋ねたのは遠坂で、すぐ隣にいる彼に見下ろされた中西は、観念して俯く。はあ…と大きな溜め息をつき、当時の用務員だと答えた。

「確か…富松《とみまつ》という名の男でした。もう亡くなったと聞いています」

「あなたが処分させたんですか？」

「違います！　理事長が…当時の理事長ですが、あの日は舞踏会があったので遅くまで学院に残ってたんです。講堂で生徒が死んでいるという知らせを受けて、私たちが駆けつけ、理事長にも連絡して来てもらいました」

「講堂？　木犀寮ではなくて？」

「はい」

怪訝そうに確認する芙久子に、中西は頷いた。殺人事件が起きたことを隠蔽するために木犀寮を廃止し、改築したと考えていたが実際は違う理由があったのだと言う。

「事件のあった講堂を使用するわけにはいかないので新しく建て直すという話になったのですが、すでに新しい寮を建てる計画があり、敷地面の問題で、木犀寮を改築して使用することになったのです。それに木犀寮内で噂が立ち始めていたので、生徒たちを分散させるためにも木犀寮は廃止すべきだと…」

「そうだったのか…」

「では、生徒が殺されていたのはこの建物ではなく、別にあった講堂なんですね?」

確認する遠坂に中西は重い口調で説明する。

「舞踏会が終わった後の講堂のホールで生徒の死体を見つけた用務員から連絡を受けて、一緒にいた小森さんと講堂へ行くと…ホールの床に…仰向《あおむ》けになって倒れている死体がありました。身体にナイフが刺さっていて…大量に出血しており、すでに亡くなっているのは明らかでした。後から来た理事長の指示で、警察を呼ぶことはせず、内々で処理することになったんです…」

綿矢一華のドレスを脱がせ、制服に着替えさせて、自殺したと家族に連絡した。迎えに来た両親は理事長の判断に異論を唱えず、遺体を引き取っていった。

「自殺であっても司法解剖されるはずですが?」

「それは理事長が手を回したようです。とにかく、私は関わりたくなくて…用務員が全部やってましたから…」

「誰が殺したのか、そういう話にはならなかったんですか？」

わからない…と中西は首を横に振ったが、その反応には微妙な間があった。芙久子は中西をじっと見つめ、天野伸輔という名前を出す。

「ご存じですよね？　教頭もかつては数学を教えていたはずですし」

同僚でもあった天野の名を覚えていないはずがない。芙久子に確認された中西は、天井を見上げ、深く息を吐いて脱力する。

「…本当のことは知らないんです。憶測だけで…」

「突然辞めた天野のことを疑ってはいたんですね？」

「…はい」

恐らく、天野の犯行だろうと思いながらも、黙っていたと認め、中西は項垂れた。その様子に嘘をついている雰囲気はなく、桐野江は「やはり」と芙久子に話しかける。

「天野の犯行だと推測することしかできないようですね」

「ああ」

当人が亡くなっており、他の証言も得られない以上、どうにもならない。諦めかけた芙久子たちに、遠坂はまだできることがあると伝える。

「香椎藍那さんの遺体に刺さっていたナイフです。新しいものではありませんでしたから、恐らく、あれは綿矢一華さん殺害に使用されたと考えていいのでは？」

「そうか。ドレスと一緒に隠されていたのか…」

「かなり年数が経っていますから、難しいかもしれませんが、ナイフを分析に回し、天野伸輔本人のＤＮＡ…は無理でも家族のものと照合してみます」

そうすれば、天野伸輔が殺害に関与したことが証明できる。遠坂は栗藤に天野伸輔の家族に協力を仰ぎに向かわせた。

そして。

「これで三十年前の事件には筋道がつきそうですが、問題はまだ残っていますよね」

「ああ」

遠坂の声に、芙久子は重々しく頷く。誰が、どうして、藍那の遺体にドレスを着せてナイフを刺したのか。

しばし迷った末に、芙久子が口を開こうとするのを、美音璃が遮った。

「取り敢えず、今日の報告はここまででいいんじゃないか？　委員長の件は…もう少し、詳しいことがわかってからにしよう」

「……。そうだな」

いつもと変わらない淡々とした物言いだったが、美音璃の目には訴えるような色合いが滲んでいた。言葉はなくても、美音璃の考えは伝わって、芙久子は同意する。

「その間に、三十年前の事件についても真相が明らかになるかもしれない。その時は…もう一度、集まってくれるか」

「もちろんですわ」

「お願いします」

芙久子から声をかけられた沙也佳と波留乃は頷き、遠坂は中西と小森に、事情聴取をしたいと伝えて、残っていた警官たちと共にサロンを出ていった。

ひとまず解散ということになり、沙也佳たちもそれぞれの寮へ帰っていくと、芙久子は改めて桐野江に礼を言った。

「わざわざ来てもらってすまなかった」

「とんでもない。芙久子さんがお呼びとあらば、いつでもどこへでも馳《は》せ参じます。それより…よかったのですか?」

皆が去っていったサロンの出入り口の方を見て聞く桐野江に、芙久子は無言で頷く。桐野江には当初、この場ですべてを明らかにするつもりだと話していた。

しかし、影響の大きさを考えると、迷いが生まれた。それを読んで止めた美音璃は、藍那と綿矢一華との関係についてはわかっていないのかと桐野江に確認した。

「色々と調べてみたのですが、何も…」

「彼女と、香椎藍那との関係を調べた方がいいんじゃないですか」

桐野江の後ろから唐突に切り出した汐路に、美音璃と芙久子は驚きの目を向ける。紬と葵がそうであるように、公の場で世話係は求められない限り発言しないものだ。戸惑いの滲む視線に、汐路はにっこり笑って、つけ加えた。

「…と、坊ちゃまは考えておいでなのでは？」

「そ…そうなんです。どうでしょうか。芙久子さん」

余裕たっぷりな汐路に確認された桐野江は、微かな動揺を見せつつ、芙久子に話しかける。芙久子は怪訝そうに汐路を見てから、頷いた。

「確かに…それも調べてもらいたいと思っていたが…」

「私たちが知る限り、委員長との接点はなかったんだよ」

小さく肩を竦めて言う美音璃に、汐路は「しかし」と反論する。

「どうしてという理由はわからなくても、彼女には疑う余地がありますし、犯行も不可能ではありません。あのまま、話を続けて本人に自白させた方がよかったのではないですか？」

「芙久子はそれを狙ってたんだよね。でも、やっぱり、皆の前で話をさせるのは可哀想だ。できれば、一人で…」

話をさせたい…と美音璃が続けようとした時だ。「美音璃様」と紬が小さな声で呼びかける。

「……」

戸惑いを浮かべた紬が、サロンの出入り口の方を見るよう、視線で合図する。振り返って見た先には…栞が一人で立っていた。

離れていてもわかる硬い表情で栞は深々とお辞儀してから近づいてきた。芙久子は葵と紬に下がっているよう、声をかける。

だが、栞は気遣いは無用だと、芙久子に告げた。

「芙久子様には感謝しております。沙也佳様に恥をかかせるようなことになっては申し訳ないと思っておりましたので…」

主人である沙也佳がいない場所で話せるだけで、十分だと栞は言い、動きかけた葵と紬は元の場所へ戻る。円卓の近くに立った栞に、芙久子は座るように勧めたが、栞は首を横に振った。

「いえ…」

「どうぞ」

遠慮する栞のもとへ、汐路が椅子を運ぶ。また倒れても困りますから…と苦笑を滲ませながら、栞を座らせた。

浅く腰掛けた栞は、もう一度一同に向かって深く頭を下げた。

「皆様に…ご迷惑をおかけし、申し訳ありませんでした。刑事さんに話をしにいこうと思ったのですが、その前にご挨拶しておくべきだと思いまして…」

「委員長の件は…君が？」

芙久子に確認された栞はゆっくり頷く。そうだろうと考えていた芙久子と美音璃、桐野江、汐路の四人は驚かなかったが、紬は激しく動揺し、葵も顔を強張らせた。

「どうして…栞さんが…っ…」

世話係としてどんな場面でも黙っているべきだという自覚がありながら、思わず声に出してしまった紬は、はっとして口元を押さえる。申し訳ありません…と頭を下げて詫びる紬に、美音璃は「大丈夫だよ」と優しく声をかけた。

「紬も…葵さんも、座った方がいいんじゃないか？」

世話係仲間として親しくしてきた二人にはショックの大きい内容だろう。美音璃が勧めると、汐路が二人にも椅子を用意した。

「ありがとう、汐路」

「どういたしまして」

礼を言う美音璃に、汐路は優雅にお辞儀する。どこまでも世話係らしくない汐路を不審げな目で見てから、芙久子は栞に話を促した。

「どうしてあんなことをしたのか、理由を教えてくれるか？」

栞は頷いたが、その前に一つ教えて欲しいと、質問を口にした。

「芙久子様はどうして私だとおわかりになったのですか？」

栞に聞かれた芙久子は美音璃と顔を見合わせてから、全員がいる場では敢えて話さなかった内容を伝えた。

「二階の隠し部屋から遺体が着ていたドレスの切れ端と、ホワイトブリムが見つかったんだ。警察は紬ちゃんのものじゃないかって疑ったんだが…」

「紬のものは全部揃ってたんだ。となると…」

学院内でメイドの制服を着ているのは四人。葵、紬、栞、操で、葵と操はホワイトブリムをつけていない。

だから、栞しかいないと考えたのだと聞き、栞は俯いて「そうでしたか」と頷く。

「あの日以来…何も手に着かず、ホワイトブリムがなくなっていたことにも気づいてませんでした…」

「委員長と栞さんはどういう関係なんだ？　沙也佳とは学年も違うし、寮も違う。委員長から知り合いだという話を聞いたこともない。接点が見つからなくてね」

「私は…藍那様の世話係をしていたことがあるのです」

考えてもいなかった事実に、美音璃たちは驚愕した。そんな話を藍那は一言も言ってなかったし、二人が会話しているところさえも見た覚えがない。

「そうだったのか…！　だが、委員長は何も…」

「私は沙也佳様が早雲女子学院に入学されてからずっと捲土寮で過ごしておりましたので、藍那様が入学されていたことも知らなかったのです。あの日…美音璃様に代わって雲水寮の寮長になられた藍那様がサロンに来られた時に、初めて知りました。藍那様も私も、互いに気づいておりましたが、表には出しませんでした。藍那様は私の事情をご存じだったので、気を遣ってくださったのです」

「事情とは？」

「私はかつて、早雲女子学院の生徒だったのです」

栞の告白を聞き、美音璃と芙久子、紬と葵は目を見張った。生徒だった人間が世話係として働くというのは、滅多に聞かない話だ。

どんな経緯があって…と続けて尋ねられないでいる芙久子に、栞は生い立ちを打ち明ける。

「私が十五歳の時に父の事業がうまくいかなくなり、休学という形で早雲女子学院を離れました。実家に戻ってすぐ、香椎家に世話係として勤めないかという話が来たのです。藍那様を早雲女子学院へ入学させたかった香椎家では、最近まで在学していた私は適任だと考えたようでした。大変高額な謝礼を提示された父は、私の気持ちなど考えず、香椎家に私をやりました。当時、私はまだ十六歳になったばかりで、早雲女子での思い出も深く、どうして自分がと辛い思いでいたのです。後ろ向きな思いでいると、よくない方へ考えも引っ張られます。そもそも、身勝手な父と、母はどうして結婚したのか。私の両親の結婚は家同士の約束というよりも、母が強く望んだ結婚でした。母はどうしても娘である私を早雲女子学院に入学させたくて、そのために資産のある相手をそれだけの理由で選んだのです」

「お母様も早雲出身だったのか？」

「いえ。母は入学試験に落ちて入れなかったのです。ですが、母の姉は早雲に入っており、姉に対する憧れが強かったのです」

早雲女子学院の入学試験は学業だけでなく、家柄や財力、本人の資質など、選考内容が多岐にわたる厳しいものだ。代々早雲という家柄の姉妹であっても、合否は分かれる。合格するためなら金に糸目をつけないという親も多い。

「そして、もう一つ。母が私を入学させたがったのは、その姉に対する疑惑を解きたいという思いがあったのです」

疑惑と聞いた美音璃は、微かに眉を顰める。「まさか」と口にした美音璃を見て、琛は頷いた。

「母の姉…私の伯母が、綿矢一華です」

栞の告白は一同を沈黙させる。静まり返ったサロンで、栞の話は続いた。

「母は姉が自殺なんかするはずがないと、子供である私にも幾度となく話していました。それには理由があり、伯母の自殺後、母宛てに匿名の手紙が届いたのだそうです。伯母は自殺ではなく、殺されたのだと。その証拠は木犀寮に隠したと…書かれた手紙です。母はそれを信じ、私が早雲に入学してからは、皐月祭に来るたびに捜していたようですが、大勢の見学者がいる中では、見つけられるわけがありませんでした。その後、私は高等部に上がることもできず、早雲を去ることになりました。母は伯母の無念を晴らせず悔しがっていましたが、私はそれどころではありませんでした。香椎家で藍那様から向けられる純粋なお気持ちが辛かったのです。藍那様はまだ九つになられたばかりで、私の事情もよくわかっておいでではありませんでした。体調を崩してお休みしている早雲のお姉様…というふうに接せられ、慕ってくれる藍那様に…私は伯母の話を混ぜた作り話をしたのです。私は早雲を退学になったのだけど、それは伯母が殺された証拠を捜そうとしたからだと…。金銭的な問題で学校を辞めたというのが恥ずかしかったのです。藍那様は私の話を信じ、自分が早雲に入ったら証拠を捜してあげると約束してくれました」

栞は冷静に話しているようだったが、藍那の話になると涙を滲ませ、声を詰まらせた。気持ちの高ぶりを抑えるために大きく息を吸い、藍那のもとにいたのは短い間だったとつけ加える。

「一年にも満たなかったと思います。両親が離婚し、父が親権を望まなかったので、私は母と共に母の実家である綿矢家へ戻されました。けれど、一年ほどで母が亡くなり、綿矢の家にはいられなくなりました。結婚という話も出ましたが、縁に恵まれず、世話係として働きに出ることになったのです。その時、綿矢の姓で世話係はさせられないと言われ、高橋と名前を変えたのです」

「ということは…二度、姓が変わっているのか？」

はい…と栞は頷き、働きに出た先で認められ、御厨野家での仕事を得て、沙也佳の世話係になったのだと話した。

「御厨野家には私が早雲にいたことはお伝えしませんでした。私ごときの経験などなくても、沙也佳様は早雲に入られると決まっておりましたし、すべてにおいてレベルの違うお家柄でしたから。沙也佳様にお仕えし始めてからは自分の身の上を嘆くような思いは薄まりました。沙也佳様は手のかかるところもございますが、とてもお気持ちの優しい、気高い方です。沙也佳様の成長を間近で見守れる立場を誇りに思い、早雲で一緒に過ごせる時間を大切にしてきました。…けれど、伯母の一件は喉の奥に刺さった小骨のように…引っかかったままだったのです」

せめて、母の話していた証拠が見つかれば。何かわかるのではないかと考え、深夜にたびたび木犀棟を訪れて捜していた…と栞が話すのを聞いて、葵が「あ」と声を上げた。

「どうした？」

「失礼いたしました。お話の邪魔を…」

「何かあったなら言ってくれ」

芙久子に促された葵は、遠慮がちに話し出す。

「木犀棟で幽霊が出るという噂は…もしかして、栞さんのことでは…と思ったのです」

美音璃と紬が木犀棟に移る際、葵から幽霊が出るという噂を聞かされた。紬はそれを思い出し「ああ！」と相槌を打つ。

栞は頷き、そうだと思うと認めた。

「たぶん…私の使っていた懐中電灯のせいだと思います。ご心配をおかけしてすみません」

誰もいないはずの木犀棟で、夜更けに明かりが揺らめく様子を偶然見かけた者が勘違いしたのだろう。そんな噂が広まるくらい、何度も木犀棟を捜したが、証拠は見つからなかった。

「なので、沙也佳様が高等部に上がられた頃には諦め、捜すこともやめていたのです。…ですが、雲水寮の寮長になられた藍那様と再会した後、藍那様は密《ひそ》かに私を訪ねてこられて、入学以来、ずっと証拠を捜しているのだとおっしゃいました。藍那様には木犀寮だった建物に隠されたらしいという話はしていなかったので、校内中を捜していてくださったようでした。私は申し訳なくて、もう諦めたのだと話しましたが、藍那様は一緒に捜そうと…」

藍那のことを思い出したのか、栞は言葉に詰まる。涙を堪《こら》え、息を大きく吸い込んで、舞踏会の日のことに触れた。

「舞踏会の日…私は偶然、美音璃様が隠し部屋に入っていかれるのをお見かけしたのです」

「…汐路とか？」

四階のサロンを訪ねてきた汐路に誘われ、美音璃は二階にある隠し部屋からホールで開かれている舞踏会の様子を見学した。栞は所用で二階のレセプションルームに向かおうとしたところ、下りてきた美音璃を見かけ、気になって後をつけたのだという。

「失礼な真似をして申し訳ありません。美音璃様が男性とご一緒だったので気になって…桐野江様の世話係の方だとは存じ上げなかったのです。どなたなのだろうと近くで見ようとしたらば、お二人が隠し部屋のドアを開けて入っていかれて…あんなところに部屋があったのだと、初めて知ると同時に、もしやと思いました。美音璃様たちがお住まいの屋根裏部屋も、私は存在を知らなかったので怪しんだのですが…」

お茶会の後、栞は屋根裏部屋を見に来た。好奇心を装っていたが、あれは証拠が隠されているのではないかと、疑っていたのか。

なるほど…と頷き、美音璃は「それで」と呟く。

「あの部屋に入って証拠を捜し…その時、ホワイトブリムを落としたんだね？」

「はい」

「舞踏会が終わった後に入ったのか？　一人で？」

芙久子に確認された栞は首を横に振った。

「いえ。藍那様と一緒です。舞踏会の途中、倒れられた藍那様につき添い、医務室を訪れた際、隠し部屋を見つけたとお知らせしました。藍那様はご実家に戻る予定でしたが、一旦、学校を出た後に戻ってくるから、一緒に捜そうとおっしゃいました。…あの時…ダンスの途中で倒れられた藍那様は…すでに体調がお悪かったのだと思います…。私が気づいていれば…」

「それは私たちも悔やんでいることだ。君だけのせいじゃない」

「そうだ。委員長を気遣うべきだったのは栞さんだけじゃないよ」

芙久子に同意し、美音璃も栞を慰める。栞は硬い表情で首を横に振り、すっと姿勢を正した。

罪を告白するために。

「戻ってこられた藍那様と木犀棟へ向かい、二階の隠し部屋に入りました。部屋の中を捜してみると、壁の一部が外れるようになっており、その内部にドレスとナイフがありました。母から聞いていた…オレンジ色のドレスで、血の染みが広くついていたので間違いないと確信しました。やはり伯母は自殺したのではなかった。誰かに殺されたのだと…。藍那様は呆然としている私に、証拠を持ってすぐに警察を訪ねようとおっしゃいました。その時…藍那様が突然胸を押さえてうずくまったのです。私は何が起きたのかわからず、…藍那様をお助けできませんでした。本当に…あっという間に…お亡くなりになってしまったのです…」

それまでもずっと沈痛な面持ちだった栞は、一層、苦しげに表情を歪ませる。深い後悔が刻まれた顔は、その場にあわせた演技の類いには見えなかった。

栞は心から藍那の死を悼んでいる。それなのに。

言葉を詰まらせ、黙ってしまった栞に、その後の行動について追及しようと口を開きかけた芙久子を、美音璃は止めた。芙久子は賢い分だけ、舌鋒鋭く、跳ね返ってきたそれで彼女自身が傷つきかねない。

美音璃は栞に「どうして」と穏やかな声で尋ねた。

「あんな真似をしたんだ？」

藍那が亡くなったとわかった時点で、人を呼ぶべきだった。そうすれば、病死だとすぐにわかったし、騒ぎにもならなかった。

何より、死した彼女を貶《おとし》めるような事態にはならなかった。

「すみません…」

美音璃に聞かれた栞は、腹の底から絞り出すような声で詫びた後、それまでなんとか堪えていた涙を溢れさせた。

「自分でも…よくわからなくて…。どうしてあんな恐ろしい真似を…藍那様に…してしまったのか。本当に…申し訳なく思っています…。…息をしていない藍那様のそばに落ちていたドレスを見た時…恐ろしい考えを思いついてしまったのです。藍那様にこれを着せておけば…警察が伯母の件を捜査してくれるんじゃないかって…」

「だから、ドレスに着替えさせたんだね？　そして、委員長をホールへ運んだ…ナイフで刺したのはホールへ移動させてから？」

「はい…」

「どうして刺す必要があったんだ？　着替えさせるだけで十分じゃなかったのか？」

耐えかねた芙久子が怒気を孕《はら》んだ声で尋ねる。栞は「すみません」と詫びて涙を流し、両手でエプロンをぎゅっと握り締める。

「最初はナイフをドレスの上に置いたのですが…また自殺で片づけられてしまうかもしれないという考えが過《よぎ》ったのです。殺人事件に見えるようにしなくては…いけないと思って…」

白い布地を掴んだ手は震え、「すみません」と詫び続ける声は掠《かす》れて、聞き取れないほどだった。

「伯母を…殺した犯人を見つけたくて…、自殺ではなく、殺されたのだと…どうして殺されたのか…知りたくて…。けれど……」

けれど。そう言って、栞は口を閉じてしまった。美音璃は栞の気持ちを読んで、その先を繋ぐ。

「心中だったとは思ってなかったんだね？」

桐野江が三十年前の事件について報告した際、栞は倒れかけた。貧血を起こしたようだったが、心中という話に衝撃を受けたのだろう。

確認する美音璃に、栞は力なく俯いた頭を動かした。

「…私は…なんてことを……なんてことを、してしまったのか……」

申し訳ありません。詫び続ける栞の涙声が、サロンを静かな哀しみに包んでいた。

学院内の応接室で中西と小森に事情聴取していた遠坂に連絡を取り、栞から聞いた内容を伝えた。栞は遠坂や他の警官に連れられ、サロンを出ていく際、沙也佳へ謝罪を伝えて欲しいと言い残していった。

慌ただしい雰囲気が落ち着くと、芙久子は桐野江に礼を伝えた。

「許婚殿には大変世話になった。ありがとう。感謝している」

「いえ。芙久子さんのお役に立てたのならよかったです。では…僕はこれで失礼します」

「坊ちゃま。私は美音璃さんと少しお話がしたいので、お時間いただけますか？」

暇を告げた桐野江に、世話係とは思えない図々《ずうずう》しさで、汐路が頼みを告げる。桐野江は多少躊躇《ためら》いを見せながらも頷き、自分は芙久子と話をしていると返した。

汐路は美音璃を誘い、サロンから続くルーフバルコニーへ出た。昼の間は晴れ渡っていた空に雲が出始めている。広いルーフバルコニーを歩き、校舎の裏に広がるパティオが見渡せる手すり付近で立ち止まった。

「心地よい風が吹いてきますね。夏でも涼しそうだ」

「そうだな。冬が寒い分、夏は快適だ」

「美音璃さん。大丈夫ですか？」

汐路に確認された美音璃は不思議に思い、彼を見つめた。

何が大丈夫なのか。すぐには思い当たらなかったが、汐路の顔を見ていたら、なんとなくわかった。

栞が二階の隠し部屋を見つけたのは、汐路に誘われて美音璃が出向いたことがきっかけだった。自分の行動が原因になったと気にかけているのでは…と気遣う汐路に、美音璃は微笑み返す。

「平気だ。済んでしまったことを悔やむタイプじゃない」

「ならいいのですが」

「汐路は優しいな」

ありがとう。礼を言って笑みを深める美音璃を、汐路はじっと見つめる。その表情がとても真面目なものに見え、美音璃は「どうした？」と聞いた。

汐路は「いえ」と首を振る。

「なんでもありません。…ところで、美音璃さんは今後、どうされるおつもりなんですか？」

どうされる…と言われても。汐路と出会った時は紬のふりをしたが、その後、身元はばれてしまった。

恐らく、宝珠院家の騒動について聞いているのだろうが、どうにもできない美音璃は困った気分で首を傾げた。

「私はここで知らせを待ってるしかできないんだ」

「もしも、本家の一朗太氏の復権がかなわなかった場合は？」

「…ここを出ていくしかなくなるだろうね」

どこへ行くのか。行くところはあるのか。美音璃には想像ができなくて、肩を竦める。

「行き先は聞かないでくれ。私も未来はわからない」

「それにしては落ち着いた物言いですね」

「性格かな。自分ではどうにもならないことを気に病んでも仕方がない。前向きに考えるよ」

心配してくれてありがとう。もう一度礼を言う美音璃に、汐路は何か言いかけたが、迷った末に口を閉じた。

失礼しました…と言い、胸に手を当てる。

「私はもう一度、美音璃さんと踊りたいと思っています」

「そうだな。あれは楽しかった。汐路はダンスがうまいからな」

「私が申し込んだら踊ってくださいますか？」

「もちろんだ」

にっこりと嬉しそうな笑みを浮かべる美音璃の前で、汐路は片膝をついて跪《ひざまず》いた。恭しく美音璃を見上げ、約束をねだる。

「約束してください。今度はドレスを着て踊ってくださると」

「いいぞ。ちょうど使わなかったドレスがある」

舞踏会用に作ったものの、お家騒動で着られなかった。あれを着て踊れば紬も喜ぶはずだ。相手が許婚でなくても、紬なら、その姿を見られただけでよかったと感動するに違いない。

約束だ。そう言う美音璃の手を取り、汐路はキスをする。突然のことに驚いた美音璃は目を丸くしたが、不思議と厭な気持ちはしなくて、美しい笑みを浮かべて汐路を見つめた。

美音璃と汐路がバルコニーへ出ていくと、芙久子は時間を置いてその後を追いかけた。桐野江や葵、紬は驚いて止めたものの、芙久子は耳を貸さず、窓辺のカーテンに隠れ、二人の様子を窺った。

「芙久子様。はしたない真似はおやめください」

「これぱかりは許せ。美音璃が心配なのだ。許婚殿。あの世話係はなかなか大胆な性格をしているな?」

「え…ええ…その…」

窘めてくる葵をあしらい、芙久子は桐野江に鋭い目を向ける。汐路の行動に対する非難を込めた問いかけに、桐野江はしどろもどろで答えられなかった。

汐路に対しての違和感は紬も抱いていたので、芙久子の意見に同意する。

「確かにそうでございますね。舞踏会の時は美音璃様がどなたなのかご存じなかったのでしょうが、宝珠院家のご令嬢だと知った上であんなふうにお誘いになるのは…」

「ちょっと考えられませんわね」

葵も微かに眉を顰めて頷く。三人から非難の目を向けられた桐野江は、ますます動揺し、

「すみません」と詫びた。

「汐路は…その……うーん…」

どうしようかと悩む桐野江は、何かを隠しているような雰囲気がした。芙久子はそれに気づき、ぐいと桐野江に迫る。

「もしかして…許婚殿は隠しごとでもされているのか？」

「いや、その、あの、いや」

「しているのだな？」

額に汗まで浮かべ始めた桐野江は、隠しごとをしていると認めているも同然だった。芙久子は目を細め、すぐに白状した方が身のためだと桐野江を脅す。

「何を隠してるのだ？　私に隠しごとができると思わない方がいいぞ」

「その通りですわ。桐野江様。世話係の私からも忠告いたします。芙久子様はねちっこく執念深いところがおありですから、どんな些細なことでも昨日のことのようにおっしゃいますので…」

「ちょっと待て。ねちっこく執念深いというのが引っかかるのだがな」

「う…う…う」

「ああっ！」

芙久子、桐野江、葵の三人が三すくみのような状況に陥っている中で、紬は一人、美音璃と汐路の様子を観察していた。そして、思わぬ光景を目にしてしまい、高い声を上げる。

それに反応した芙久子たちもバルコニーを見ると。

「あっ」

「えっ」

「きゃっ」

それぞれが声を上げたのは、汐路が美音璃の手の甲に口づけしていたからだ。芙久子はカーテンの裏から飛び出し、バルコニーを走り抜けて美音璃のもとへ駆けつける。

美音璃を守るようにしてその前に立ち、汐路に鬼の形相を向けた。

「何をする⁉ 私の美音璃に！」

「芙久子？」

「これは…失礼いたしました」

芙久子の登場に驚きつつ、汐路は立ち上がって詫びる。美音璃は芙久子が怒っている意味がわからず、どうしたのかと尋ねた。

「どうしたって、こいつが！ 君の手に！ キスを！」

「ああ…大したことじゃない。手だぞ？」

「手だろうが足だろうが、君の一部に触れるなんて、許せない！」

鼻息荒く言い、芙久子は汐路を睨みつける。汐路を指さし、身分を弁《わきま》えろと厳しく言い渡す。

「美音璃は宝珠院家の令嬢だぞ！　わかっているのか!?　たとえ桐野江家に仕えているのだとしても、一介の世話係が懸想できる相手じゃない。諦めろ！」

「芙久子様…落ち着いてください」

「美音璃様。大丈夫ですか？」

「おい、何をしてるんだ。もう帰ろう」

後を追いかけてきた葵が芙久子を宥め、紬は美音璃を心配し、桐野江は汐路の腕を摑む。場を収めるためには帰るのが一番だと、さっさと連れ去ろうとした桐野江に頷きながらも、汐路はまったく懲りてない顔で美音璃に話しかける。

「美音璃さん。約束ですよ」

「…ああ」

「約束ってなんだ？　約束なんかさせないぞ！　お前は出入り禁止だ！」

「すみません、芙久子さん。すぐに帰ります！」

激高する芙久子に恐れをなし、桐野江は汐路の口を塞いで後ろから押すようにしてバルコニーを出る。二人の姿が見えなくなると、芙久子ははあはあと荒い息を落ち着け、美音璃に再度尋ねた。

「あいつとなんの約束をしたんだ？」

「……」

ドレスを着て踊る約束をしたと言えば、芙久子の怒りに油を注ぐのはわかっている。美音璃は笑みを浮かべて大したことじゃないとごまかし、芙久子の肩を抱いた。

「そんなことより、お腹が空いたな。お茶でもしないか？」

「大したことなのかどうかは私が決める。約束ってなんだ？」

「紬。ケーキか何かある？」

「ええ。芙久子様のお好きなドライフルーツ入りのブランデーケーキがございます」

「それはいいですわね。すぐにご用意しましょう。芙久子様。お茶は何がよろしいですか？」

「私はごまかされないからな！　…ブランデーケーキにはラプサンスーチョンだ」

何を約束したのか教えろと粘る芙久子を連れ、美音璃は葵と紬と共にサロンへ戻る。言えない約束は、守られるかどうかもわからない儚《はかな》いものだ。それを芙久子に教えてやきもきさせる必要はない。

汐路にもう一度会う機会は、ないのかもしれないのだから。

皐月祭が終わり、舞踏会で起きた恐ろしい事件の全容も明らかになって、六月の足音が近づいてきても、宝珠院家のお家騒動は膠着状態にあった。

なんとか学院内に留まるよう、美音璃に指示した宝珠院家執事の武者小路からの音沙汰はなく、状況はまったく読めなかった。代々宝珠院家に仕えている武者小路が、本家当主である一朗太を見捨てて逃げるような真似をするはずがないものの、音信不通の状態が長く続くと心配も生まれる。

武者小路は有能な男だが、それをもってしても、なんともならない苦境なのではないか。となると、自分はどうなるのか。

木犀棟のサロンでのんべんだらりと過ごす毎日も、長く続くと飽きてくる。授業に出ても寝てる時の方が多かったが、そんな生活を懐かしく思いながら、寝椅子でうたた寝していた美音璃は、紬の声に起こされた。

「美音璃様。沙也佳様がお見えです」

「……」

沙也佳の名を聞いた美音璃は飛び起き、寝椅子を離れて大広間へ向かう。寮長たちの集まりで使う円卓のそばに立っていた沙也佳は、制服ではなく、紺色のワンピースを着ていた。

姿勢よく立っているが、その顔には疲れが見える。元々白い肌は青白くなっており、艶もない。いくらか痩せたようにも見える。

美音璃は沙也佳の様子を見て、いてもたってもいられなくなり、彼女のもとへ歩み寄って細い身体を抱き締めた。

「…大変だったね」

「……」

栞の起こした事件にショックを受け、沙也佳は寝込んでいると聞いていた。世話係を失った沙也佳のために葵と共に捲土寮へ出向いた紬は、声も出せないほど落ち込んでおり、心配だと話した。

美音璃は背が高いから華奢な沙也佳は長い腕の中にすっぽり収まる。普段であれば、開口一番、スウェットの部屋着のままで現れたことに小言を向けるはずなのに、無言で美音璃の胸に顔を埋める。

そのまましばらくじっとしてから、小さく深呼吸して顔を上げた。

「…もっと早くに来たかったのですけど…」

「座って話そう。紬、お茶を頼む」

かしこまりました…と返事し、紬は調理室へ向かう。美音璃は沙也佳の手を引き、円卓の席に着かせると、自分はその横に椅子を寄せて腰を下ろした。

沙也佳は美音璃を見つめ、栞の面会に行ってきたのだと告げる。

「特別に許可をいただいて外出してきました」

「そうか。栞さんは…元気だったかい？」

「元気…とは言えませんわ。でも、私に謝り続けられるくらいの余力はあるようでした」

遠坂に警察署へ連行された栞は、そのまま死体損壊等罪で逮捕された。栞が逮捕されたと知らされた沙也佳は驚き、その犯行内容にさらなる衝撃を受けた。沙也佳自身も警察から事情聴取を受けたりして、大変な日々を送ってきた。

「泣きながら謝られても何を言ってるのかわからないし、本当に迷惑でしたわ」

「そうだね…。栞さんの代わりは？　実家から送ってもらえるのか？」

「ええ。紬さんや葵さんにお世話になりっぱなしで…来週には来る予定ですから。美音璃様にもご迷惑をおかけしてすみませんでした」

「いや…」

迷惑などはかかっていないと美音璃は首を横に振る。

今後、栞は裁判を受け、その罪を償うことになる。芙久子は恐らく執行猶予がつくだろうと話していたが、藍那の両親次第では実刑もあり得ると心配していた。

どちらにせよ、すべてを失った栞が今後どうしていくのか。気がかりだと芙久子と話したのを思い出し、美音璃は口ごもる。

そんな美音璃の横で、沙也佳は栞の話を始めた。

「栞が御厨野の家に来たのは、私が早雲に入学する前年でした。賢くて穏やかで…私のわがままにも根気よくつき合ってくれて、それを見込んで、両親が世話係として早雲につき添わせたのです。…私は栞が早雲の生徒だったとは知らなかったので、どういう気持ちだったのかはわかりません。けれど、もしも私が栞だったら…受け入れられなかったかもしれません。早雲に入ってからも栞は私によく仕えてくれました。美音璃様もご存じだと思いますが…」

「ああ。よく知ってる。栞さんはいつもさりげなく沙也佳をフォローしていたよね」

「…私は美音璃様と違って、気の短いところがありますから。栞に苦労をかけていたと思います。栞はいて当たり前で、家族のようなもので、どういう生い立ちでどうしてうちで働くことになったのか、私は考えたこともなかったのです」

何も知らなかった…と呟く沙也佳の目には涙が溜まっていた。美音璃はハンカチを渡そうとしたが、部屋着だったから用意がなく、困り果てる。

そんな美音璃を見て、沙也佳は苦笑して、ワンピースのポケットから自分のハンカチを取り出した。

「栞がいたらすぐに渡してくれるのですけど。これも自分で準備したのです。不便で仕方ありませんわ」

「…そうだね」

「栞には御厨野家の弁護士をつけることになりました。我が家の弁護士は優秀ですから、執行猶予つきの判決が出る予定だそうです。香椎家への謝罪も御厨野家ですることになりました」

沙也佳の話は美音璃にとっては朗報で、ほっと安堵できるものだった。お茶を運んできていた紬も、思わず「本当ですか？」と確認する。

声に出してしまってから、出すぎた一言であるのに気づき、「申し訳ありません」と詫びる紬に、沙也佳はかまわないと応えた。

「紬さんも心配してくれていたのでしょう？」

「はい…。栞さんには仲良くしていただいたので…。では、こちらへ戻ってこられるんですか？」

執行猶予がつくのであれば服役する必要はなく、社会生活が営める。落ち着いたら沙也佳の世話係として早雲に戻るのかと聞いた紬に、沙也佳は首を横に振った。

「いいえ。こちらでは迷惑をかけましたから。栞には御厨野の家で勤めてもらいます」

「そうですか…」

紬は寂しそうに頷いたが、美音璃はその方が栞のためになると考えた。沙也佳も同じ思いでいるのだろう。早雲に戻れば辛い記憶も蘇る。

琛が路頭に迷うような事態にならなくてよかった。その陰には沙也佳の苦労があるに違いないと思いながら、笑みを浮かべる。

「沙也佳は少し痩せたよね。頬がふっくらしていた方が可愛いから、ちゃんと食べないといけないよ」

「美音璃様に食事の心配をされるなんて驚きですわ。気をつけます」

「沙也佳様。お茶請けにマカロンをどうぞ。昨日、美音璃様にもお手伝いいただき、焼いたものです」

「ありがとう。可愛らしくて美味しそう。…ところで、美音璃様の方はどうなっているんですの？」

「どうって？」

「お家騒動には目処がつきそうなのですか？」

それは…さっぱり。肩を竦めて紬と顔を見合わせる美音璃を、沙也佳は眉を顰めて見る。

「美音璃様は私の心配をしてる場合ではないのではないかしら？　もしも、ここを出ていくように言われたらどうなさるおつもりなのです？」

「それなんだよね」

正直、どうなるのかさっぱりわからなくて困っている。頬杖をついてマカロンを頬張る美音璃を呆れた目で見て、沙也佳は薄桃色のマカロンを指先でつまみ上げた。

沙也佳が訪ねてきたその日。美音璃は芙久子の授業が終わり、校舎から戻る頃を見計らって、火影寮へ向かうつもりでいた。琹のその後について心配していた芙久子に、沙也佳からの報告を伝えようと考えていたのだが、美音璃が木犀棟を出る前に、芙久子の方が駆け込んできた。

「美音璃！　美音璃！　大変だ！」

サロン中に響くような大声で名前を呼ぶ芙久子に驚き、美音璃は紬と共にどうしたのかと尋ねる。葵を引き連れて現れた芙久子は、手にしていたタブレットを円卓の上に置くと、美音璃たちに一緒に見るよう促した。

「これを見てくれ」

タブレットの画面に出ていたのは海外で行われている何かのショーを取材した記事のようだった。記事の文章はアラビア語で書かれており、美音璃には理解できない。車の写真があることから、車関係の展示会だとわかる。

美音璃は芙久子が車に興味があると聞いたことはない。どうしてそんなに興奮しているのかと、怪訝な目で芙久子を見る。

「これがどうしたんだ？」

「よく見ろ」

何を見ろと言われているのかわからず、美音璃は首を捻る。再度、画面に視線を向け、芙久子がスワイプして示した写真に視線をとめる。

スーツ姿の男性が数人写っており、その真ん中に立っている人間には見覚えがあった。

これは…。

「汐路…か？」

「だよな？」

美音璃が呟いた名前を聞いた芙久子は、食いつきそうな勢いで同意を求める。汐路だと認識して改めて写真を見ると、間違いないと確信できた。

美音璃が舞踏会で初めて会った時も、桐野江と共に現れた時も、汐路はスーツを着ていたが、比較的地味なものだった。それが写真の中では明るい色合いのものを身につけており、誰よりも目立っていた。

世話係としてはいかがなものかと首を傾げるような行動が目立っていた汐路だが、写真の中央に堂々と収まっている存在感はことのほか大きい。

なぜ、汐路が…？　桐野江の背後にいて写り込んでしまったというわけではなさそうだ。

実際、写真の中に桐野江の姿はない。

これはどういう記事なのかと、美音璃が芙久子に尋ねかけた時。

「美音璃お嬢様…っ…‼」

叫ぶように呼ぶ声が響き、美音璃たちは大広間の出入り口の方を見る。そこにはモーニングコート姿の男性が立っており、美音璃と紬は同時にその名を呼んだ。

「武者小路！」

「武者小路様っ‼」

突然姿を現したのは宝珠院家の執事である武者小路だった。トレードマークのウェーブヘアーを揺らし、美音璃のそばへ駆け寄った武者小路は、その前に跪く。

「美音璃お嬢様！　長らくご心配をおかけして申し訳ありませんでした。本日、旦那様と奥様と共に無事に帰国することができました。すべての問題が解決いたしましたので、ご報告に上がりました！」

「そうなのか」

「よかった…よかったです！」

武者小路の知らせを聞き、美音璃は微笑み、紬は涙を潤ませて両手を握り締めた。立ち上がった武者小路は、心配をかけた紬を労《ねぎら》う。

「紬にも苦労をかけてすまなかったね。今後はこれまで通り…っ…芙久子様ではありませんか！」

美音璃と紬しか見えていなかったらしい武者小路は、芙久子がその場にいるのに気づいて飛び上がる。家同士のつき合いも深く、早雲に入学する前から美音璃と親しくしていた芙久子と武者小路は、互いをよく知る仲だ。

深々と頭を下げ、「お久しぶりでございます」と挨拶する武者小路を、芙久子はにやにやと笑って見る。

「元気そうだな、武者小路。ワカメ頭は健在のようで嬉しいぞ」

「芙久子様」

芙久子は子供の頃から、武者小路の独特な髪型をいつもからかってきた。渋い表情で注意する葵を、武者小路は得意のオーバーリアクションで止める。

「葵さんもお元気そうで何よりです。芙久子様のご尊顔を拝見できただけで、武者小路は光栄なのです。美音璃お嬢様が心配でなりませんでしたが、芙久子様と葵さんがお近くにいらっしゃるのだから、きっとお助けくださると信じておりました。本当にありがとうございました」

「どうなることかと心配しておりましたのでよかったです」

「謀反を起こした分家を制圧できたのか？」

宝珠院家の分家、美音璃の父親・一朗太の弟である次郎丸の起こした騒ぎは収束したのかと尋ねる芙久子に、武者小路は大きく頷き、芙久子と美音璃に椅子に腰掛けるよう促した。

「まずはお茶を用意いたしましょう。何を飲まれますか？」

「茶は後でいい。先に話せ」

「芙久子様は相変わらず時間を大切にされていらっしゃるのですね。大変よろしいと思いますよ。ですが、やはり…」

「話せ」

話をするにはお茶が必要…と武者小路が言い出す前に、芙久子は冷静に命じる。武者小路が回りくどいのを芙久子はよく知っているし、武者小路は芙久子がせっかちなのをよく知っている。

立場的に折れなくてはいけないのは武者小路で、「承知いたしました」と頷いた。

「今回、次郎丸様があのような騒動を起こしたのには理由があったのです。以前より、次郎丸様の動きは察知しており、私の方でも気をつけていたのですが…」

「仲悪いからな。お父様と叔父様は」

頬杖をつき、つまらなそうに言う美音璃に、武者小路は難しい顔つきで頷く。

「次郎丸様は旦那様よりご自分が優れていると思っておいでですので」

「否定はできないが、どんぐりの背比べだろう。あれは」

「その点について私はコメントいたしかねます。とにかく、今回の一件は次郎丸様に勝算があったわけではなく、この機会を逃すと可能性がなくなるためだったのです」

「機会とは？」

どんな機会だったのかと尋ねる芙久子に、武者小路は思いがけない言葉を口にした。

「美音璃様の舞踏会でございます」

「…？」

それがどうして本家乗っ取り騒動に関わるのか。美音璃と紬は考えが及ばず、怪訝そうに首を捻る。

だが、頭の回転の速い芙久子は、すぐに事情を読んだ。

「美音璃の許婚か…！」

はっとした顔つきで芙久子がそう言うと、武者小路は大きく頷いた。

「さすが芙久子様は聡明《そうめい》でいらっしゃいます。そうなのです。次郎丸様は美音璃様の許婚に関する情報をどこからか入手され、舞踏会で発表されることを阻止しようとなさったのです。早雲女子学院の舞踏会は、お嬢様方の嫁ぎ先が公式に発表される場として注目されますから」

政略結婚が当たり前の世の中で、家同士の関係が強固になる、子女の輿入れ《こしい》には政財界が関心を持つ。特に名家の子女が数多く通う早雲女子学院の舞踏会は、一斉に婚約発表される他にない催しであり、翌日の株価に影響を与えるほどだ。

美音璃の許婚は宝珠院本家の財力を盤石にするような…次郎丸が手出しできなくなって

しまうような、影響力の高い家柄の子息だったのか。

「誰だったんだ?」

美音璃の許婚は舞踏会当日までわからないという話だった。それがお家騒動の影響で舞踏会への参加が見送られたため、相手はわからずじまいだった。

真剣な表情で聞く芙久子に、武者小路は笑みを浮かべて首を横に振った。

「申し訳ありません。それはお伝えできない…」

「どうせ流れた話だろ。いいから言え」

「話が漏れるとご迷惑をおかけ…」

「漏らさない」

「ですが…」

「ばらすぞ。ワカメ」

最後には脅しにかかった芙久子を、武者小路は苦虫を嚙み潰したような顔つきで見返す。

芙久子は何を「ばらす」と言っているのか。好奇心を滲ませた美音璃に見られているのに気がついた武者小路は、力なく首を振った。

「仕方ありませんね…。芙久子様がそこまでおっしゃるのであればお伝えせざるを得ないでしょう。ですが、芙久子様。いいえ、芙久子様だけでなく美音璃様たちも、決して、どなたにも漏らさないと約束…」

「いいから、言えって」

「久留麻崎《くるまざき》家でございます」

武者小路が渋々口にした家名は、宝珠院家に引けを取らない資産を保有する名家だった。

なるほど…と頷く芙久子に、美音璃は知ってるのかと尋ねる。

「知らないのは君くらいのものだ」

「美音璃様。久留麻崎家と言えばお血筋も財力も申し分ないお家です」

「確か…ご当主には三人のご子息がいらっしゃるはずです。ご長男が跡を取られるという話を聞きましたから、美音璃様と歳の近い三男の方だったのではないでしょうか」

葵の読みは鋭く、武者小路は無言を返すことで、許婚は三男であったと認める。芙久子は「ふん」と鼻先から息を吐き、武者小路に疑問を向けた。

「だが、お家騒動で婚約は破棄されたんだろう？　美音璃は舞踏会にも出られなかったわけだし」

「残念ながら」

「だったら、どうして、分家の動きを止められたんだ？」

久留麻崎家と本家が結びつきを得れば、本家を乗っ取ることはできなくなると焦り、次郎丸は舞踏会の前に騒ぎを起こした。読みは当たり、美音璃と久留麻崎家との縁談は破談となった。

なのに、なぜ。本家の復権が可能となったのか。怪訝そうな芙久子に、武者小路は余裕たっぷりの笑みを浮かべ、胸に手を当てた。

「この武者小路が、旦那様のために策を尽くしたのでございます……！」

「いつもながらにお前は回りくどいな。だから、その策を言え。ワカメ」

「葵さん。芙久子様は少々、お気が短いですね」

「幼少の頃からお変わりなくお育ちです」

「葵さんもお変わりなくクールで素晴らしい…。ですから、私は久留麻崎家以外に本家を援助してくださる先はないかと、あちこちに相談したのでございます」

武者小路の話を聞いた芙久子は、すっと目を細める。根っから呑気な美音璃と紬は武者小路から問題が解決したと聞き、もう大丈夫だと安堵しているようだが、「どうやって」解決したかが、一番の問題だと考えていた。

あちこちとは具体的にどこで、なんの相談をしたのか。芙久子は細めたままの目で、武者小路を鋭く睨む。

「まさかとは思うが、美音璃を餌《えさ》にしたんじゃないだろうな？」

武者小路は宝珠院家の資産管理もしており、有能だと美音璃たちは思っているようだが、芙久子は無能ではないが有能でもないと判断していた。

本当に有能であれば、今回のような騒ぎは起きなかったはずなのである。

あくまでも、武者小路は、本家当主の一朗太「より」有能だという程度の話だ。

そんな武者小路に本家の危機を救うカードはあったのか。あれこれ推理してみたが、窮地を脱することのできるカードは美音璃以外に浮かばなかった。

美音璃は宝珠院家の一人娘で、早雲女子学院に通っており、その美しさは校外にも伝わっているほどだ。十分に交渉材料となり得る。

芙久子に確認された武者小路はにわかに動揺し始めた。ひっくり返った声で「滅相もございません！」と小さく叫ぶ。

「ビンゴか」

「私は餌なのか？」

「いいえ、美音璃様。最後まで武者小路の話を聞いてください。美音璃様を餌にするなど、この武者小路がいたしましょうか、いえ、いたすはずがございません！　武者小路は美音璃様を心から大切に思っているのでございますよ。ただ…、確かに芙久子様のおっしゃるように、美音璃様の新たな許婚を捜す目的もありましたので、そういうご相談をしなかったかと言えばしなかったとは言い切れないのですが…」

「やっぱ餌にしたんじゃないか」

「いいえ、いいえ！　結果的には違うのです。向こうからお話をいただいたのですから」

「向こうとは？」

悪事がバレかけて焦っている武者小路は、今度は即座に答えた。

「水無瀬川《みなせがわ》家でございます！」

水無瀬川家と聞いた芙久子と葵、紬の三人は息を呑んだ。美音璃は驚いている三人を見て、どうしたのかと尋ねる。

「何かまずいのか？」

「まずいのではなくて…逆です。美音璃様。久留麻崎家はともかく、水無瀬川家はご存じでしょう？」

「紬ちゃん、残念ながら美音璃の頭にその手の記憶機能はついてないよ」

「美音璃様。水無瀬川家は久留麻崎家を凌ぐ名家で…水無瀬川家の場合は、名よりも実と言えばいいのでしょうか。家としての歴史は宝珠院家などに劣るかもしれませんが、水無瀬川家の財力に勝てる家はこの国にはございません」

「五百城だって劣るさ。水無瀬川に比べたら」

「そうなのか」

肩を竦める芙久子を見て、美音璃は関心なさそうな相槌を打つ。美音璃にどれだけすごいと話しても無駄なのはわかっているから諦め、芙久子は武者小路にさらなる説明を求めた。

「どうして水無瀬川家がサポートを申し出たんだ？　美音璃を代わりによこせと言ってき

たのか?」

「いいえ。そんな条件はございませんでした。ただ、援助するというお話で…その連絡をいただいた翌日には次郎丸様は手を引かれ、封鎖されていた本家にも戻れることになり、旦那様たちと共に帰国できたのです」

「お前が水無瀬川にまでつてを持っていたとはな」

少し見直した…と感心する芙久子に、武者小路は力なく首を横に振った。

「残念ながら、さすがの武者小路も水無瀬川家に通じるようなつてはございませんでした。理由はわからないのですが、本当に突然、水無瀬川家から連絡が入ったのでございます。ただ、旦那様に報告したところ、納得しておいででしたので、何か事情があるようでしたが…武者小路にはお教えいただけませんでしたので…」

「なんだろうな。お父様は謎の人脈があるからな」

「ふん。執事のくせに、教えてもらえないとは」

芙久子は情けないと口にはしなかったが、哀れみを込めた目で武者小路を見る。武者小路は唇を噛み締め、哀しげに俯き、己の無力を嘆いた。

「武者小路は…武者小路は……っ」

「芙久子様。武者小路様は他家の執事でございますから…」

「武者小路様。旦那様は他意のある方ではございませんから。忘れた頃にお話しくださいますよ」

「そうだぞ。あの気分屋のお父様につき合えるのは武者小路くらいのものなのだから、気を強く持て」

美音璃に励まされた武者小路は「ありがとうございます……！」と礼を言い、眦《まなじり》に滲んだ涙を拭う。それから、美音璃に許婚を早急に見つけると約束した。

「舞踏会にも出られず、このような事態になってしまい、本当に申し訳ありません。この武者小路が必ずや、美音璃様に相応しい許婚を探して参りますので。今しばらくお待ちください！」

「いないならいないでいいよ」

苦笑いを返す美音璃に、武者小路は紬と共に「そういうわけにはいきません！」と真剣に返す。学院への挨拶と美音璃へ報告に来ただけの武者小路は、東京での所用が山積みだと言い、慌ただしく帰っていった。

お家騒動が終結し、学費も無事に納入された美音璃は、その夜には木犀棟から元の住まいである雲水寮の四階へ戻った。

藍那の死後、片づけられた寮長室はがらんとしていた。美音璃が屋根裏部屋へ移動した際、入りきらずにパッキングして保管されていた荷物を、明日には戻しておきますと紬は伝えた。

「美音璃様が授業に出ている間に元通りにしておきますので。久しぶりの授業ですね。楽しみではありませんか？」

「そうでもないな。ああ。木犀棟の寝椅子が恋しいよ」

心の底に不安は抱えていたが、日がな一日寝椅子に寝そべってまどろんでいるだけの日々は悪くなかった。また授業に出なきゃいけないのかと嘆息した美音璃は、はっと思い出して「そうだ」と声を上げる。

「そういえば…あの写真はなんだったんだろう」

「写真って…あ、芙久子様が持っていらしたタブレットの？」

武者小路の登場と吉報により、すっかり話題が飛んでしまった。武者小路が来る前、芙久子は汐路が写った写真の載った記事を美音璃に見せていた。どういう内容の記事なのか、聞こうとしたところへ武者小路が現れ、芙久子もその話を忘れて帰ってしまった。

「明日、聞いてみなきゃいけないな」

「たまたま桐野江様と離れていたところを撮られた写真なのかもしれませんね。世話係が一人で出かけるとは思えませんし」

「そうだな。舞踏会の時も許婚殿と離れて行動していたし…世話係でも…」

男女の違いがあるのだろう…と言いかけた美音璃は、「そういえば」と汐路と初めて会った時のことを口に出す。

「汐路は最初、自分は許婚殿の『付添人』だって言ったんだ。だから、世話係ではないと思ってたんだが…男性の場合は、世話係を付添人とか言ったりするんだろうか？」

「本当ですか？　それは…ちょっと…問題があるかもしれませんね。舞踏会の『付添人』というのは男性のご兄弟やご友人のことを言うんです。家によっては幼い頃に許婚を決めない場合もございますので、品定め…というのは言葉が悪いですが、好みの方はいないか、下級生を見に来たりするそうなのです」

「そうだよな。だから、あの観覧室も…」

婚約者の姿を確認するために利用すると汐路は話していた。舞踏会の日は「付添人」であると言い、次に会った時には「世話係」だと説明したのは、なぜなのか。

首を傾げる美音璃に、紬は困った顔で自分の考えを伝える。

「もしかすると、汐路さんは美音璃様と一緒にいたくて、そうおっしゃったのかもしれませんね。世話係であれば桐野江様のもとへ戻らなきゃいけないのではと、美音璃様から指摘されるのを恐れたとか」

「なるほど」

それはあり得ると美音璃は納得する。汐路は世話係なのにダンスに誘ってきたような大胆な男だ。

お家騒動が解決しそうになかった頃は、学院から退去しなくてはならなくなる恐れもあると考え、汐路とはもう会うことはないかもしれないと思ったりした。しかし、状況は変わり、元通りの暮らしを送れるようになった。だとすれば、汐路との約束も守れるだろうか。

「また会えるかな?」

「汐路さんにですか? そうですねえ。今度会えるのは芙久子様の結婚式ではないでしょうか」

美音璃も芙久子も卒業を控えた三年生で、卒業後は許婚と結婚することになっている。桐野江の世話係である汐路と会えるのは、芙久子と桐野江の挙式ではないかと言う紬に、美音璃は無言で頷いた。

つまらない。なんとなく心に浮かんだ感想を遠くへ追いやる。

本当は舞踏会であんなに話したのだって、踊ったのだって、その後に会ったのだって、特別な偶然だった。

芙久子の許婚の世話係である汐路とは、これ以上の縁は望めないだろう。美音璃は自分に言い聞かせ、寂しく思う心に蓋をした。

藍那の事件以降、雲水寮は沈んだ空気で満ちていた。美音璃が寮長に復帰したのは、久々の明るいニュースで、皆が晴れやかな笑顔で美音璃を迎えた。

「ごきげんよう、美音璃様。美音璃様のお顔が拝見できて嬉しいです」

「美音璃様！　ごきげんよう。雲水寮へお帰りなさいませ。お元気そうでよかったです」

「ごきげんよう。美音璃様が戻ってきてくださって…ほっとしました…」

中には美音璃を見ただけで泣き出す生徒もいて、校舎まで辿り着くのも大変なほどだった。一人一人に丁寧な対応をして、笑顔を振りまき、ようやく教室へ入ると、再び歓待される。

「美音璃様。ごきげんよう。お休みになられていた間のノートが必要でしたら、いつでもおっしゃってくださいね」

「ごきげんよう、美音璃様。大変な目に遭われましたね。屋根裏部屋にいらしたと聞きましたけど…大丈夫ですか？」

「ごきげんよう。美音璃様、無理はなさらないでくださいませ。なんでもお手伝いいたしますので、遠慮なくおっしゃってください」

次々とかけられる声に礼を言い、窓際の後列にある自分の席に向かうと、神妙な顔つきで腕組みをした芙久子が待ちかまえていた。

芙久子の態度は想定外のもので、美音璃は不思議そうに首を傾げる。

「何かあったのか？」

芙久子も皆と同じく、歓迎してくれると思っていたのに。不機嫌にも見える顔を覗き込んで尋ねる美音璃を、芙久子はちらりと意味ありげに見上げる。

「……。いや」

一瞬、間を置いて首を横に振る芙久子は、なんでもないようには見えない。どうしたのか再度聞こうとしたところ、一時限目の担当教師が教室へ入ってきてしまった。寮でも教室でも歓迎を受け、その相手をしているうちに授業の開始時刻になっていた。

芙久子の態度が気になったものの、授業が始まり、話を聞けなくなる。その後も話す機会がなく、昼になった。

昼食時ならゆっくり話せる。そう思っていたのに、芙久子は気分が悪いと言って早退してしまった。

いつもならば「私も」と手を挙げてさぼるところだったが、久々に授業に出た美音璃はそうもできなかった。早退などしたら、やはり屋根裏部屋での暮らしが身体に堪えたのだろうとあらぬ憶測を呼び、余計な心配をかけて騒動になりそうだった。

渋々、校舎に留まり、その日最後の授業が終わると、火影寮へ駆けつけた。

「芙久子！」

寮長の暮らす四階まで上がり、名前を呼ぶとすぐに葵が姿を見せた。

「美音璃様。久しぶりの授業はいかがでしたか?」

「芙久子は? 気分が悪いと言って早退したんだが…大丈夫なのか?」

「ええ…」

心配する美音璃に対し、葵は少し顔を曇らせて頷く。寝室にいるが、体調が悪いわけではないのだと説明した。

「ふて寝…というやつかと」

「どうして?」

「今朝方…少々、桐野江様と言い合われたようでございまして」

言い合われた…と口にした葵は、すぐに首を傾げて訂正した。

「いえ、言い合うではなく、芙久子様が腹を立てられて一方的に責めた…と言った方が正しいでしょうか」

「腹を立てるって…何があったんだ?」

桐野江は穏やかな人柄で、芙久子の頼みも喜んで引き受けるようなタイプだ。せっかちなところのある芙久子にも辛抱強くつき合っていけると思っていたのに。

何が原因なのかと尋ねる美音璃に、葵はわかりませんと首を横に振った。

「桐野江様はお仕事の関係で海外におられるそうで、昨夜は連絡が取れず、今朝になって連絡が入ったようなのです。私は朝食の支度をしておりましたら、寝室から芙久子様の大きな声が聞こえ、何事かと思って駆けつけましたところ、『私に嘘をついたのか！』というようなことをおっしゃってまして……」

「嘘って…許婚殿が芙久子に？」

どんな嘘なのかは葵も聞けなかったという。

「通話を切られた後に何があったのか伺ったのですが何もお話にならなかったのです。そのまま、ずっと無言で朝食を召し上がり、校舎へ向かわれたものの、昼にお戻りになって……」

「ふて寝、か」

頷く葵を見て、美音璃は教室で会った時に不機嫌そうだった芙久子の顔を思い出す。昨日は宝珠院家のお家騒動が解決したことを喜び、これで一緒に授業が受けられるとご機嫌だったのだが。

桐野江が芙久子についた嘘とは？

「よくわからないが、へそを曲げると長いからな。ちょっと覗いてもいいか？」

「そうしてくださるとありがたいです」

芙久子が一番心を開いているのは美音璃だ。機嫌を取るのも上手で、葵はほっとした表情を浮かべて美音璃を寝室へ案内する。

葵が部屋のドアをノックし、美音璃が来たのを伝える。返事はなく、美音璃は後は任せて欲しいと伝えて、葵を下がらせた。

「芙久子？　入るよ」

そっとドアを開け、声をかける。すると、小さな話し声が聞こえてきた。

「……わかった。…ああ…」

カーテンが閉め切られた部屋は薄暗く、目が慣れるまで芙久子がどこにいるかわからなかった。ぼんやり光る明かりを頼りに視線を動かすと、ベッドの上でブランケットに潜っているのがわかる。

光って見えたのは、ブランケットの中で操作しているタブレットの明かりらしかった。誰と話しているのか。不思議に思いながら、後ろ手にドアを閉めた時、思いがけずにバタンと音が鳴った。

「…！」

その音に気づいた芙久子がブランケットの中から顔を出す。室内に立っている美音璃を見て、慌ててもう一度潜り込んだ。

「では、その予定で頼む。また連絡するので…よろしく」

声を潜めて慌てて話をまとめて通話を切った芙久子は、再び顔を出して美音璃に部屋の明かりを点けるように言った。

美音璃は言われた通り、壁面のスウィッチを探して明かりを点《とも》す。

「誰と話してたんだ？」

「ちょっとな。それより、どうした？」

どうしたと聞きたいのはこっちの方だ。美音璃は肩を竦め、芙久子が座っているベッドに近づいて、その隣に寝転がった。長い髪をシーツの上に広げて、下から芙久子を見上げる。

「ふて寝は終わったのか？」

「ふて寝？」

「葵さんが言ってた。許婚殿と喧嘩《けんか》したのか？」

美音璃に尋ねられた芙久子は、眉を顰めて小さく舌打ちする。余計なことを…と呟き、「違う」と否定した。

「喧嘩じゃない」

「嘘をつかれたのか？」

「まあ、そうだな」

「どんな？」

芙久子は認めながらも内容については答えなかった。じっと見つめる美音璃を、同じくらい真剣な目で見返し、まったく関係なさそうな台詞を口にする。

「私は君にしあわせになって欲しいんだ」

「なんだ。急に」

「だが、何がしあわせなのかがわからない」

腕組みをして、難しそうな顔つきで考える芙久子の腕を、美音璃は摑んで引き寄せる。

不意を突かれた芙久子は「わっ」と声を上げて倒れ込んだ。

「何をするっ…」

「こうやって芙久子と寝転がって話していられたら、それでしあわせだ」

くすくすと笑う美音璃を、芙久子は困った顔で見つめる。芙久子の眉間に浮かんだ皺に
人差し指を当てた美音璃は、表情を緩めるように言った。

「芙久子はなんでも難しく考えすぎだ」

「君は考えなさすぎだ」

「なんとかなる。うちの問題だってなんとかなったじゃないか」

私たちが思い悩んだところで、どうにもできない。笑いながら言う美音璃の言葉を、芙
久子は否定できず、顰めっ面をひどくした。

今は自由にやれているけれど、その時間も間もなく終わる。卒業すれば親の決めた相手
と結婚し、妻になり、母になる運命に翻弄《ほんろう》される。

美音璃とも一緒にいられなくなる。もうすぐ終わるこの時間が、本当のしあわせだとわ

かっている自分が切ない。

美音璃の長い髪を一房引き寄せ、芙久子はその先に唇を当てる。

「…もうすぐ…終わってしまうじゃないか」

「不便にはなるだろうけど、終わりではないよ。私は芙久子を生涯大事に思うし、芙久子もそうだろう？」

「……」

「それに芙久子の許婚殿はとてもいい人だ。芙久子の望みを聞いてくれる。だから、喧嘩なんかしちゃいけないよ」

芙久子は小さな声で「喧嘩じゃない」と繰り返した。

「それに…もう解決した」

「そうか。それならよかった」

「複雑ではあるのだが…仕方がない。許婚殿の言われることにも一理あるしな」

ブツブツ独り言みたいに続ける芙久子の言う意味はわからなかったが、仲直りした様子なのに美音璃は安堵する。機嫌も直ってるようだし、おやつでも食べないかと誘おうとした美音璃は、「そうだ」と声を上げた。

「どうした？」

「昨日の…汐路の写真のことを聞こうと思ってたんだ。あれはなんだったんだ？」

「……」

美音璃が「汐路の写真」と口にした途端、芙久子は表情を険しくする。一度は緩んだ眉間の皺を再び深くし、「なんでもない」と答える。

「見間違いだ。私の勘違いだった。気にするな。忘れろ」

「そう…なのか？」

だが、芙久子に見せられた写真には確かに汐路が写っていたと思うのだが。不思議そうに聞き返す美音璃に「お腹が空いた。おやつにしよう」と言って、芙久子は起き上がる。そのまま寝室を走り出ていく芙久子の背中を、美音璃は怪訝な思いで見つめていた。

どうも芙久子の様子がおかしい。何か隠しごとをしているのではないか。そんな美音璃の疑いに対し、答えが出たのは、その週末のことだった。

早雲女子学院では土曜日も授業が行われるので、休日は日曜日だけだ。美音璃が雲水寮に戻ってから初めて迎えた日曜。のんびり朝寝坊を楽しんでいたのだが、突如現れた紬に起きるように促された。

「美音璃様！　起きてらっしゃいますか？　起きてらっしゃらなくても起きてください。急いでください！」

「……ん……どうした……？」

「お目覚めになられたら浴室へ！」

カーテンを開けながら命じる紬は、何やら焦っているようだ。ふわあと大きなあくびをして、起き上がった美音璃はぼさぼさの髪をかき上げて、紬にわけを尋ねた。

「今日は日曜じゃないか。なんで起こすんだ？」

「芙久子様と一緒にドレス姿のお写真を撮っていただけるのです！」

「ドレス？」

「美音璃様は舞踏会に出られず、ドレス姿のお写真を撮れなかったではないですか。なので、芙久子様がカメラマンを手配してくださったのですが、葵さんから連絡があり、もうすぐ着くそうなのです」

「そうなのか？　そんな話…昨日はしてなかったけど…」

「来週だと勘違いなさっていたようです。さ、お急ぎになってください」

とにかく風呂に入れと急《せ》かしてくる紬に美音璃は渋々従い、寝ぼけ眼のまま浴室へ向かう。

紬が用意していた泡の浮かぶバスタブに浸《つ》かり、髪を洗ってもらう。その間も、美音璃はともすれば寝落ちしてしまいそうなほど、うつらうつらしていた。

そんな美音璃の扱いに慣れている紬は、テキパキと働き、風呂を終え髪を乾かし、化粧をして髪を結う。

そして、舞踏会のために作ってあったドレスに着替えさせた。

シャンパンゴールドのタフタ生地で作られたドレスは、上から下まで一枚の布地で仕立てられたプリンセスラインのシルエットがとても豪華だ。デコルテは肩が露《あら》わになるストレートビスチェで、美音璃の白い肌と長い首の美しさが際立って見えた。

「美音璃様！　素敵です！　お似合いです！　なんてお美しい……！　このドレスをお召しになることもないのかもしれないと思うと、紬は本当に哀しくて辛くて苦しかったのですけど…よかったです！」

「大袈裟だな」

今にも泣き出しそうな勢いで褒め称《たた》える紬に、美音璃は苦笑する。実際、紬の瞳からは涙が溢れかけていた。

「本当に…よかったです…。一時はどうなることかと…美音璃様にご苦労をかけてしまうのではないかと不安で…」

「泣くな、紬」

もう心配はなくなったのだと言い、美音璃は紬を抱き締める。涙の止まらない目をエプロンで押さえている紬の背中を優しく叩き、「ありがとう」と礼を言う。

「紬はどんな状況になっても私の味方でいてくれたね。感謝しているよ」

「当然ではないですか…！　たとえここを追い出されていたとしても、私は美音璃様のおそばを離れませんでした。これからも離れるつもりはございません」

「頼もしい」

ふふと微笑んでもう一度礼を言い、紬に時間はいいのかと尋ねる。紬は時計を見てはっとし、もう行かなくてはならないと慌てた。

「木犀棟のホールに来て欲しいと言われております。美音璃様、参りましょう」

「ああ。…だが、ハイヒールというやつは本当に歩きにくいな」

「少しの間、我慢なさってください。姿勢よく、ですよ。美音璃様」

わかってると返事し、美音璃は紬に先導されて木犀棟へ向かう。途中、ドレス姿の美音璃を見かけた雲水寮の寮生たちは歓声を上げ、その美しさを褒め称えた。

木犀棟に着くと階段を下りて一階のホールへ入る。すでに芙久子と葵は来ているのだろうと思っていたが、二人の姿はなく、意外な人物が美音璃を待っていた。

「汐路…？」

ホールの中央にタキシードを着た汐路が立っており、恭しくお辞儀をして美音璃を出迎える。

どうして汐路がいるのか。理由がわからず、きょとんとした表情を浮かべる美音璃の近くまで歩み寄り、汐路は賛辞を向けた。

「シャンパンゴールドのドレスがよくお似合いです。ゴージャスなプリンセスラインが美音璃さんの美しさを引き立てていますね。輝くようだ」

「いや…それより、どうしてここに？　それに、なんでタキシードなんか着てるんだ？」

「約束したではありませんか」

汐路と最後に会った時。別れ際に今度はドレス姿で踊ると約束した。美音璃は躊躇いながら頷いたものの、疑問は解消されていない。

「私は芙久子と写真を撮りに来たんだ。汐路は一人なのか？　許婚殿は？」

どこにいるのかと聞く美音璃に答えたのは芙久子だった。「ここだ」という声に振り返って見ると、芙久子と桐野江が…その背後に葵も…立っていた。芙久子は舞踏会の時に着ていた翡翠色のドレスを着ており、写真を撮るという話は本当らしいとわかる。

だが、どうして桐野江までいるのか。まさか、舞踏会を再現しようとしているのかと訝しむ美音璃のもとへ近づき、芙久子は笑みを浮かべた。

「美音璃、綺麗だぞ。さすが私の美音璃だ」

「ありがとう。一緒に写真を撮ると聞いたんだが…どうして許婚殿までいるんだ？　許婚殿も写真に入るのか？」

「いえ。僕は美音璃さんに謝るために来たのです」

苦笑し、桐野江はそう言ったが、謝られるような心当たりのない美音璃は首を傾げる。

桐野江は謝りに来たと言うし、タキシードを着た汐路は自分と踊りに来たらしい。どういう状況なのかさっぱりわからず、困惑する美音璃の前で、芙久子は汐路を鋭い目で睨んでびしっと指さした。

「貴様にも詫びてもらうぞ！」

「芙久子様。落ち着いてください」

宣戦布告する勢いの芙久子を、葵が慌てて宥める。芙久子は葵にかまわず、非があるのは桐野江と汐路の方だと訴えた。

「嘘をついていたのはこの二人だ！」

「嘘…？」

そういえば、先日、芙久子が機嫌を損ねていた際、葵からそのような話を聞いたのを、美音璃は思い出す。桐野江に嘘をつかれたと怒っているらしいと聞き、事情を尋ねたが、教えてはもらえなかった。

もしや、あの件なのか？　どういう意味なのかと、美音璃が尋ねようとすると、汐路が芙久子に向かって深々と頭を下げた。

「申し訳ありませんでした。千夜のことも責めないでやってください。私に頼まれ、仕方なくつき合っただけなのですから」

「そうです。僕は芙久子さんを騙《だま》すような真似はしたくなかったのですが…」

「許婚殿は私より幼馴染みの方が大切と見える」

「待て」

三人の間で交わされる会話がよくわからず、美音璃は慌てて制止をかける。千夜という
のは桐野江の名前のはずで、世話係が呼び捨てにするというのはおかしい。

それに幼馴染みとは？

汐路は一体…？

それが芙久子の言う「嘘」なのか？

どういうことかと尋ねる美音璃に、汐路が「実は」と切り出した。

「私は世話係ではないのです。千夜の幼馴染みで…水無瀬川汐路と申します」

「…‼」

「水無瀬川って…！」

汐路が口にした名を耳にした美音璃と紬は揃って息を呑んだ。最近、聞いた覚えのある、
その名は…。

「あの…水無瀬川家か？」

「はい。千夜が早雲女子学院の舞踏会へ行くと聞き、私は千夜の婚約者に興味がありまし

たので、付添人として一緒に来たのです。そして、美音璃さんにお会いし…楽しい時間を過ごさせていただきました。あの事件で千夜が再度学院を訪ねることになり、私はもう一度美音璃さんにお会いできるならと同行を申し出たのですが、その際、私は千夜の世話係ということにしておこうと提案したのです」

「な？　嘘をついてたんだぞ？」

「そう…だね…」

自分に同意するよう迫ってくる芙久子に相槌を打ちつつ、美音璃は汐路を見つめる。にっこり微笑む汐路に、助けてくれたのかと尋ねた。

「武者小路…うちの執事に、水無瀬川家の方から援助の申し出が来たと聞いた。汐路が…？」

「私はちょっとした助言をしたまでのことです」

「美音璃を狙ってるんじゃないだろうな？」

嘘をつかれたことを根に持っている芙久子が目を細めて確認すると、汐路は肩を竦めただけで答えなかった。美音璃に手を差し出し、「踊ってくれますか？」とダンスに誘う。

美音璃はその申し出を受け、汐路の手に自分の手を重ねた。すっと引き寄せられ、背筋を伸ばして汐路の肩に手を回す。舞踏会のような生演奏でなかったが、芙久子が用意した音楽が鳴り始めると、汐路のリードにあわせて踊り始める。

くるくると回りながら、汐路は美音璃に尋ねた。

「美音璃さんの許婚は婚約を解消したと聞いたのですが」

「みたいだな」

「私ではいかがですか?」

本来、家同士が決めるはずの婚約を、自ら持ちかけてくる汐路を、美音璃は目を丸くして見る。水無瀬川家の力があれば、宝珠院家令嬢だろうと簡単に手に入れられるはずで、わざわざ聞く必要などないのに。

「汐路は変わってるな」

「美音璃さんも」

「そうか?」

笑って返し、回りながら芙久子を見ると、気に入らないという顔つきで腕組みをして汐路を睨んでいた。自分よりも芙久子の許可を取った方がいいんじゃないか。そんな提案をすると、汐路は真面目な顔で「それは」と返す。

「難しそうですね」

どうやったら芙久子の機嫌が直るのか、汐路が美音璃に尋ねようとした時、予想よりも早くに曲が終わった。音楽がやんだホールに、芙久子の声が響く。

「よし! これで貴様が美音璃とした約束とやらは果たしたな。すぐに美音璃から離れろ。

美音璃は私と写真を撮るんだ」

「芙久子様。お写真はいつでも撮れますから…」

あからさまに邪魔しようとする芙久子を、葵が窘めようとしたが、芙久子の耳にはまったく入っていなかった。汐路と美音璃の間に割って入り、「そうだ！」と声を上げる。

「美音璃、バラ園で撮ってもらおう。ちょうど満開のバラがある。よし、行こう！」

美音璃の手を摑んだ芙久子はホールを出て、木犀棟を後にする。葵と紬が「芙久子様！」と呼びかけてくるのも無視して、ウエストから広がるドレスを邪魔そうに揺らしながら、逃げるような早足で歩く。美音璃は苦笑し、力強く手を引く芙久子に安心しろと呼びかけた。

「妬《や》かなくても大丈夫だ」

「妬いてなんかいない」

「汐路は芙久子に許して欲しいらしいぞ」

「一生、許さない！」

鼻息荒く断言する芙久子を笑い、美音璃は繋いだ手を握り返す。ドレス姿で校庭を駆け抜ける二人の姿は、初夏の日差しを受けて煌めいていた。

本作品は書き下ろしです。

屋《や》根《ね》裏《うら》部《べ》屋《や》でまどろみを

2023年10月10日　初版発行

著　者　谷《たに》崎《ざき》泉《いずみ》

発行所　株式会社　二見書房
東京都千代田区神田三崎町2-18-11
電　話　03(3515)2311［営業］
03(3515)2313［編集］
振替　00170－4－2639

印　刷　株式会社 堀内印刷所
製　本　株式会社 村上製本所

二見サラ文庫

本作品に関するご意見、ご感想などは
〒101-8405　東京都千代田区神田三崎町2-18-11
二見書房　サラ文庫編集部　まで

ISBN978-4-576-23106-8
https://www.futami.co.jp/sala/

二見サラ文庫

二宮繁盛記4

谷崎 泉

イラスト＝ma 2

元同僚の中岡と再会を果たした二宮。なぜ彼は冤罪を受け入れたのか。事件とそれぞれの思いと人間模様、すべてが明かされる完結巻！